Blue Balliett   Illustrated by Brett Helquist

THE CALDER GAME

U0659192

卡特游戏

[美] 布鲁·巴利埃特 著   [美] 布莱特·海尔奎斯特 插图

金子淇 译

人民东方出版传媒
People's Oriental Publishing & Media
东方出版社
The Oriental Press

我创作的，都是我看见的，
问题只在于我看见了什么。

——亚历山大·卡特

在人们还不知道我是谁的时候，
他们不会听我说了什么。

——班克斯

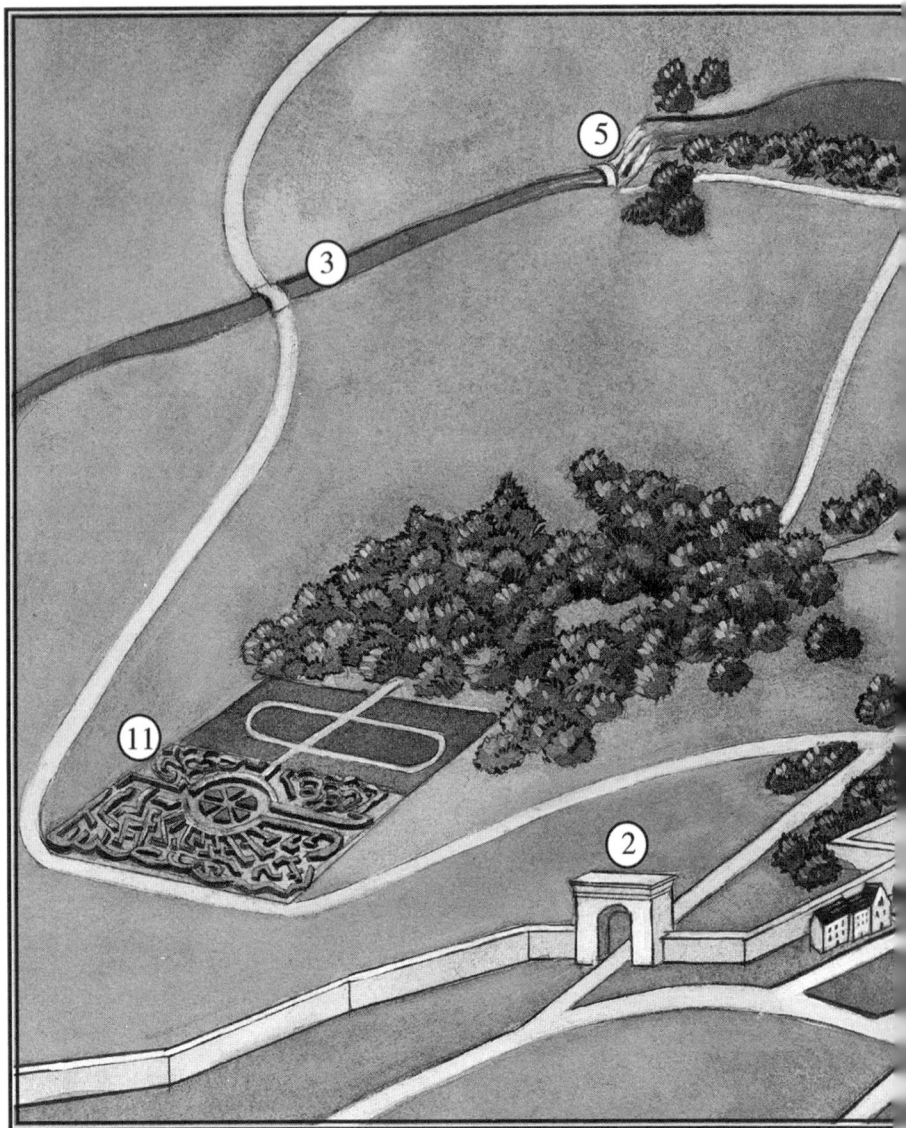

■■■■■■
①胜利拱门　　　⑤大瀑布
②辛斯顿大门　　⑥罗莎蒙德水井
③格利姆河　　　⑦戴安娜神庙
④皇后水池　　　⑧范布勒桥

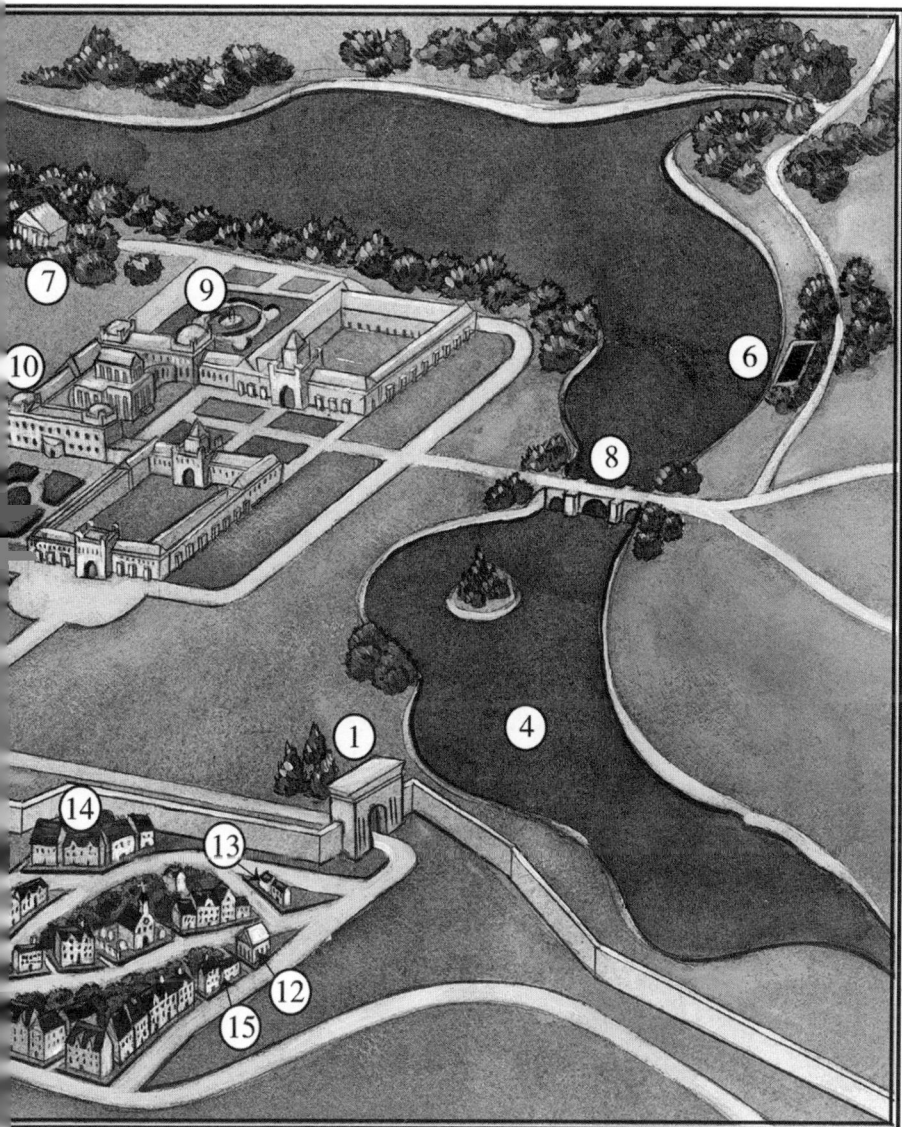

⑨波顿花园　　　　　⑬季诺斯利太太的旅馆
⑩布莱尼姆宫　　　　⑭茶铺旅馆
⑪迷宫　　　　　　　⑮里昂咖啡馆
⑫活动中心

作者的构思是一切的开始。整个
故事都挂在这个鱼钩上。每个人
物围绕着其他人物缓缓移动。

每块拼图都有不同的大小和形状。

每个人都觉得，他们看到了
那些把他们联系在一起的线。

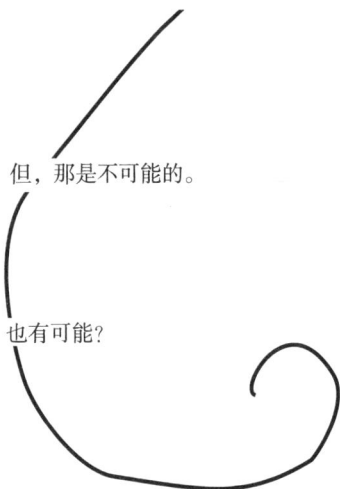

但，那是不可能的。

或者，也有可能？

制定规则的究竟是谁？

第一章

这是一个古老的英国村庄。十月的黎明白茫茫的，好像奶油色的气体，擦去了线条，溶解了阴影，覆盖了整个小镇。红色的藤绕在清晨湿润的石头上。房子是石头的，墙是石头的，街道也是石头的。打开的窗户外，蕾丝窗帘在风中飘着，若隐若现。一只黑猫眨了眨眼，伸了个懒腰，然后悄悄地穿过空空的广场，在一个竖起的牌子周围转圆圈。那个牌子上写着：弥诺陶洛斯（克里特岛上的半人半牛怪，拥有人的身体和牛的头。——译者注），亚历山大·卡特，1959。

百叶窗后面传出了有人吸鼻子的声音，厨房里出现了一道光，一个穿格子睡衣的男人正往黄铜水壶里面装水。在另一间房子里，黄油发出嘶嘶的声响，银器发出清脆的撞击。今天的第一辆卡车摇晃着从鹅卵石上驶过。忽然，它停了下来。司机盯着正前方，愣住了。他坐在那里，嘴大张着，然后惊恐地跳下来，冲向最近的房子，用力拍着房门。门开了。他向着屋子里大喊："它跑了！雕像跑了！"

很快地，小镇的居民们发现了另一件事：那个男孩也不见了。

第二章

两周之前，在遥远的美国，一个晴空万里的早晨，三个孩子正在聊天。

"你爸真要带你去英国？"佩拉·安达力惊讶地问，声音提高了几个八度。

汤米·斯戈维亚扬起了眉毛，嘴巴张成了一个圆圆的"O"。"真幸运。"他小声说。

坐在中间的卡特·皮莱从口袋里掏出一个黄色的塑料片，把那个"W"形在腿上移来移去，也在佩拉和汤米中间移来移去。

"希望你们也能来，"他说，"我们下周走。我大概一周不用来上课了。"

三个人沉默地围坐着，用鞋跟踢着他们坐着的环形的台子。不，那不算是台子。这是芝加哥大学附近的一个雕刻。太阳给金属镀上了一层光泽，让它看起来和平时很不一样。

汤米、卡特和佩拉今年都是12岁，都住在芝加哥南部的海德公园地区。汤米和卡特从二年级开始就是好朋友了，佩拉和卡特是在最近一年才变成朋友的，而汤米和佩拉还不算是朋友，不过，他们试着做朋友。有时候，这个三人组配合得很好。有时候，他们也会吵架。他们今年都是七年级的学生，也都讨厌他们的新老师。她叫贝蒂娜·巴顿，你永远无法明白她在说什么，更糟糕的是，她永远认为自己是对的。她有一张和她名字很像的呆板的脸，奶酪色的头发箍在她的头上，像一顶紧紧的头盔。她平时很喜欢穿色彩柔和的衣服：浅绿、浅蓝、浅粉。这些衣服要是出现

在别人身上，可能让她们看起来温柔可爱，但是由巴顿小姐穿起来，却显得不伦不类。她对大家的提问视而不见，不忙的时候也假装很忙。她还有一个必杀技：尖酸刻薄地微笑，她用这个技巧"解决"所有想和她说话的学生。在巴顿小姐的眼里，学习中没有讲话和研究的时间。

这让大家很想念他们原来的老师：伊丽莎白·荷西，她经常带着大家在课堂上做一些有趣的探索。她理解大家偶尔的嘈杂和混乱，也会认真听每个人说话。她长长的头发经常不听话地从发夹和发带下往外逃窜。有时候，她会戴一只（不是一对哦！）耳环来上课。对于她来说，孩子们不是一种奇怪的生物，在她的眼里，没有什么是奇怪的——她对什么都好奇，她不怕犯错误。和荷西小姐比起来，巴顿小姐真是一个恶魔。不，她简直是死神。

"哦，你至少可以逃开巴顿一星期。"汤米羡慕地说。

卡特把那个"W"举在眼前，像举着一副奇怪的太阳眼镜。这是他常常带着的12块拼板中的一块。佩拉和汤米都知道，卡特习惯用拼板思考。每块拼板都像一个字母，而一组拼板，也是一套数学工具；卡特可以用很多种方法拼出同一个形状，这些方法里也隐藏着属于他自己的谜语。他还发现，拼板可以用来解决其他问题。这么说吧，他觉得拼板可以用来解决一切问题。

"我爸爸要去牛津参加一个城市花园大会，我们会住在牛津旁边的一个小城，组织者多给了他一张机票，他和妈妈觉得应该让我去，因为那里有很多值得我探索的东西——英国！可是有很多真正的树篱迷宫呢！这些迷宫就像好多奇怪的符号！"

"听上去真棒！"汤米说。他粗暴地把书包甩到一边，蹭了蹭鼻子，"我也想逃去英国。"汤米和他的妈妈，以及他的宠物金鱼住在一起。他们的家还算舒适，不过他们经常需要搬家。去年，他们曾经离开过芝加哥，不过，那是一场大灾难。汤米很高兴回到芝加哥，不过他不会介意来一次英国之旅的。他可是收集专家。从小，他就喜欢在街上收集各种奇怪的"宝物"。对于他来说，古老的英国是个大宝库。

佩拉正忙着从鞋的边缘揪住她的袜子，"树篱迷宫，"她说，"可能有会说话的灌木！"

卡特和汤米点点头。他们都知道，文字是佩拉的最爱。像卡特永远带着他的拼板一样，不管去哪里，她都一定会带着她的笔记本。她认为，文字比看上去更强大——文字是一道风景，也是秘密小屋。佩拉有一个大家庭，家里总是很吵闹，所以，她特别喜欢写东西：笔记本是完全属于她的世界，纸上的文字和符号经常能安静地撞击出许多有趣的点子。佩拉不再和她的袜子过不去了，她抬起头来："嘿！我想，在树篱里迷路的时候，是不是更容易想明白那些符号呢？"

卡特耸了耸肩说："我会帮你们看看的。"

汤米发出抱怨的声音拍着卡特的背说："是啊，即使你把这趟去英国的探索之旅搞砸了，也没关系。"

"哦！我过一会儿就该走了。"卡特说。

佩拉看着两个男孩子，歪着头，叹了一口气。

大家都想起了他们在纽约当代艺术馆的大冒险。和荷西小姐在一起的时间总是那么有趣，而巴顿小姐……和她在一起，就是沮丧、委屈，和各种令人失望的事情纠缠在一起。不过，三个孩子还不知道，这次旅行是一系列奇幻故事的开始。这是一个包含着希望和梦想的游戏。

第三章

这个九月，芝加哥因亚历山大·卡特的雕塑展而炸开了锅，这是芝加哥有史以来最大的一次雕塑展览。从世界各国运来的雕塑零件几乎堆满了整个当代艺术馆。

这些雕塑是可以移动的雕塑。它们不是三维的雕像，而是四维的，因为它们一直在变。从卡特做出第一个这样的雕像开始，这个发明就震惊了艺术界。雕像可以不停地变形吗？这是可能的吗？这样的雕像还是艺术吗？卡特的雕塑作品富有创意而不失严肃，设计简洁又丰富多变，看着它，你会看到更多，更多。卡特是怎么做到的呢？他的作品给了很多大人物以启迪，著名的法国思想家萨特在1946 年写道：

一个雕塑，你可以把它看成是一次小庆典或者是一个纯粹的动作的表演。和人类创造的大部分东西相比，它的变化更加不可估计。人类的大脑不能估计出它所有可能的变化，它的创造者也不能，因为这太复杂了。可以说，你错过了一个变化，你就永远错过了它。

他还把卡特的雕像作品比作爵士乐演出，还比作海里浪潮的变化。

爱因斯坦也曾在这座雕像前站了很久，久到周围的人都在好奇他在做什么。他喃喃低语，表达着他的赞叹和遗憾——他怎么没想到呢？

从 1930 年到去世（1976 年），卡特创造了大量这样的雕塑。它们之中的大部分都由黑色的圆盘和大量彩色的电线组成——黑色、白色、红色、黄色和蓝色，总之，都是那些最基础的颜色。卡特这样解释，他的灵感来自于太阳系：整个太阳系就是悬浮在宇宙中，并且不断处于运动之中。他还提到了泡泡、雪花、硬币和诗歌。

这次展览如此轰动，是因为卡特的作品还是第一次同时展出这么多：从和手掌差不多大的到几层楼高的都有。美术馆的墙上有红色和黑色的字迹，那是一些艺术家的话。墙上还有一些卡特的照片，照片的背景是他在法国以及美国康乃迪克州的工作室和家。对于那些热爱卡特作品的人来说，这是一场盛宴，一个来芝加哥玩儿的最棒的理由。感谢那名匿名的捐助者，因为他，艺术馆才能在展览期间为每个人免费打开大门。

汤米仍然沉浸在不能和卡特一起去英国玩儿的失落里。当同学们从大巴上排队下来，并排好队准备看展览的时候，他还耷拉着脑袋。

"我们还得排队？"他问，还小声嘟囔着什么。这时，巴顿小姐走过来了。

"汤米，你不但需要排队，还得排在队伍最后。"她用尖锐刺耳的声音说道。汤米低着头转过身，模仿她说话的样子，不出声地重复着她的话，慢慢地走向队伍的最后。孩子们看到汤米滑稽的样子都笑了，巴顿小姐看到孩子们的笑脸，脸顿时阴沉下来。她正要发火，一个意外发生了：她的大衣纽扣掉了。那颗纽扣掉下来，滚动、跳跃了一阵，最终稳稳地停在了汤米的脚边。汤米捡起那颗纽扣，瞟了一眼巴顿小姐。她看起来并没有看到汤米的小动作，不过，汤米周围的同学都看到了——他把那颗很大的蓝色纽扣装入了口袋。

汤米对这次参观不感兴趣，当同学们排队时，他想悄悄地离开。在从学校出发之前，巴顿小姐曾经警告过他们，他们需要在街上等一段时间，这段时间，他们必须排好队。她允许每个人带两美元以购买纪念品，但是不允许带笔记本或者笔。"你们把艺术品碰坏了怎么办？"她板着脸说道。

想到这些，汤米转过头，对人群另一头的巴顿小姐发出了轻微的"哼"声。他真想念荷西小姐。荷西小姐带他们去美术馆的时候，总会让大家带上可以做记录的本子，而现在，他们在排队的时候也无事可做了。而且，他还不能站在卡特或者佩拉旁边。为了不让孩子们交头接耳，巴顿小姐用了很长一段时间，把班里常在一起的朋友都拆开了。"不要交头接耳！"她常常这么说。有时候，孩子们觉得她骂他们只是因为她讨厌小孩子。

巴顿小姐正在队伍的旁边前前后后地巡视，好像他们是一支军队。趁她转头的时候，汤米丢出一个石子，砸到了卡特的耳朵。卡特没回头，他只是抓了抓耳朵。于是，汤米又扔出了一个石子。这次，卡特向四周看了看，眉头拧成一个问号。

无聊的汤米拿出那颗蓝色纽扣，把它举到眼前，就好像举起一个硬币。然后，他重新把它深深塞入口袋，以确保巴顿小姐不会发现。卡特笑了，他站的位置看不到巴顿小姐，于是，悲剧发生了：就在他飞快地转过头，越过人群，向汤米举起一个"F"形拼板，然后把它放在头上的时候，被巴顿小姐逮住了。她伸展了几下枯瘦的手指，随后把两只手在卡特面前摊开。"没收了，没收所有，立刻，马上，你再也见不到它们了。我说什么来着？不许带玩具！"

卡特当然不会乖乖交出拼板。他的手仍然插在裤子口袋里。"它们不是玩具。"他为他的拼板辩护着。

"哦，那你为什么要把它放在头上呢？"她讽刺地说。

两人僵持了一会儿。卡特最终还是从口袋里把拼板一个一个掏了出来。巴顿小姐站在一边，把手握在一起，不耐烦地等着。

卡特的肩膀耷拉着。他生气地看着巴顿小姐满不在乎地把他的拼板一股脑丢进了她的包里。哦，如果她把它们弄丢了该怎么办？他知道她不会重视它们，但这可是他的第一套拼板。天哪，他的拼板要和她的化妆品、纸巾们挤在一起了，这可真恶心。担心和遭到侮辱的感觉围绕着他，来美术馆玩的激动完全消失了。他曾经非常期待这一天，不过最终，什么好事也没发生。

卡特·皮莱的名字就是从亚历山大·卡特来的。在他出生之前很久，他的爸爸和妈妈就喜欢上这位艺术家的作品了，这也是他们在芝加哥定居的原因。这座城市里有三个很大的卡特设计的雕塑，它们完成于20世纪70年代。皮莱一家经常会去"火烈鸟"雕塑附近散步。它在市中心附近的一座广场上，有五层楼高。它像一个兴奋的红色怪物，而在黑色的摩天大楼中间，就像一座桥。

"飞行的龙"在芝加哥博物馆附近的公园里。皮莱一家觉得，它看起来有点像一只大蝴蝶，也有些像飞机。

然后呢，还有巨大的"宇宙"。它在市中心的西尔斯大厦的大厅里。西尔斯大厦是世界上最高的几幢楼之一。在卡特小时候，他的爸爸妈妈经常带他去那里。黄色、蓝色、红色和黑色——用数不清的方法，一个缠绕在另一个上面。亚历山大·卡特真是个聪明又特别的思想家。卡特·皮莱呢，也多少继承了"卡特"的特质。

卡特看过亚历山大·卡特的其他作品的照片——彩色电线缠绕着纸张、小地毯、铜饰，甚至还有烹饪器具。他看过他的一些小型展览，但是那些展览上最多只有五个或者六个雕塑。那些轻盈、飘荡的雕塑让人觉得不可思议：它们每一次的运动都那么协调。卡特知道，在这次的展览里，他能看到上百个雕塑。在要去看展览的那天早上，他的父母还没叫他，他就醒了。他决定暂时忘记巴顿小姐，度过精彩的一天。

没有事情比参观亚历山大·卡特的作品更重要。

第四章

他们的朋友——好学生佩拉——此刻正站在一边为他们担心。

为什么男孩们总是这么爱惹麻烦？巴顿小姐经常没收他们的东西，或者让他们罚站。

昨天，汤米被赶出了教室，因为他满不在乎地对巴顿小姐说："这个叫卡特的家伙有什么了不起的？"佩拉知道汤米对艺术不太感兴趣，他是真的想问这个问题，虽然语气不太对。而巴顿小姐则断定，他就是故意在课堂上捣乱。

"你们这些孩子就是故意要破坏我们的秋游，是吧？"

在大家咯咯笑的时候，她愤怒地说，"你们就不能严肃一点吗?"

佩拉感到有些沮丧，巴顿小姐永远不会了解他们。她总是在忙着维持秩序，当然，这只会让情况更糟。

孩子们沉浸在这种低沉的情绪里，慢吞吞地到达了博物馆。他们一安静，巴顿小姐就会很开心。她难道没听说过，"危险就潜伏在安静中"吗?

同学们安静地走上博物馆的台阶。走上台阶后，巴顿小姐让大家围在她周围，向大家重申一些规定：不能碰展品，不要大声说话，不要离开队伍。她的态度很严厉，眉头紧紧拧在一起，几乎拧成一个"井"字。汤米管巴顿小姐的脑袋叫作"棋盘头"。不，现在不该讲笑话。巴顿小姐警告说，只要有一个人违反了规矩，他们这星期就别想放假了。

他们一进入展厅，一股神秘的力量就蔓延开来，在巴顿小姐还没想好惩罚措施之前，这股力量就已经潜入了每一个观众的心。

博物馆被"动作"填满：不规则的、清脆的撞击声和尖锐的生命的声音。藏在天花板和墙里的风扇为房间提供了风，而精妙的灯光提供了影子。明亮的颜色疾风一般流过，它们跳舞，潜水，下沉，他们的形状在墙、地板、纤维、皮肤和好奇的大脑之间滑过。

"卡特雕塑"让三人组想到了很多其他的东西：石头、叶子、梨子、被咬过一口的曲奇。面具、翅膀、船舵。雕塑中的每一部分都以无法预测的方式，围绕着其他部分运动着。你站的位置不同，雕塑看起来也就不同。它究竟是什么样子呢? 很难讲清楚。一阵微风吹来，一个平面就变

成了一条直线，新月变成了一个逗点，一只鸟就这样消失了。有些部分从下面升起，就像优雅的树。头顶上也有悬挂的雕塑，你无法不停下来抬起头看那些多变的图形。所有人在刚刚进入展厅的时候都走得很快，但他们后来都不由自主地慢了下来。有些人静静地站在那里，很久很久。如果你一直盯着这些东西，你不会看到同一个形状两次。

巴顿小姐的学生们喧闹了起来。

"我看见了芭蕾舞鞋！"

"十字镖！"

"南瓜灯！"

"狗鼻子！"

有那么几分钟，汤米几乎忘记了其他的一切。他第一次这么喜欢美术馆。这些雕塑甚至让他完全忘记了他对巴顿小姐的反感。他觉得一切都清晰了起来。这些雕塑不仅属于那些美术馆爱好者，也属于他，一个寻宝者。真令人惊奇，这些高高在上的收藏品，一下就重新获得了生命力。他想起他的宝藏堆，他的瓶盖、筷子和奇形怪状的树枝，它们躺在他家的床上……这不也是一个展览吗？他能做一个这样的展览吗？

卡特忘记了他的拼板。他现在只想知道，艺术家是怎么在这些东西之间找到平衡的？怎么设计运动的方式，让所有的形状和重量都能均匀分布？每个雕塑都是一个复杂的谜：亚历山大·卡特一定在家研究了好几个小时。啊，是不是就像卡特·皮莱对他的拼板做的那样呢？

佩拉已经忘记了不能带笔记本做记录的遗憾。她想，文字一般是平面的，那，能不能做出立体的文字呢？把文字拆开，然后再组合，掌握他们的平衡，就好像他们不能稳稳地待在纸上，而是会不小心溜走似的。像物品一样的文字，而不只是平面的文字……让文字在立体的世界里获得自由！这可能吗？佩拉感觉，文字好像忽然有了更多的意义。

大家张成圆形的嘴巴恰好呼应了展厅里那无所不在的圆形——出乎意料，当你同时看着雕塑和人群的时候才会发现。

旁边的一个大人就同时在注视着雕塑和人群。他注意到了汤米，因为他忽然对卡特大叫，"看！卡特！那是我的'小金人'！"

他指着一个巨大的，被悬挂起来的鱼形。那是很多具有艺术感的小片垃圾：有碎玻璃、碎陶片，还有好像在眨眼的机器零件。墙上的标签写着"鱼，1945"。

在美术馆的工作人员还在想什么是"小金人"，这个男孩又在和哪个"卡特"说话的时候。一个教师的声音先打断了她的思绪。"你们还是不明白什么叫'安静'吗？"她的语气，就像这个男孩是世界上最蠢的小孩子。一旁工作人员的嘴也张成了"O"形。

佩拉看向汤米的方向。他把眼睛眯了起来。巴顿小姐还在瞪着他。佩拉想起卡特夺拉下来的肩膀。她希望汤米一辈子都不要把那颗纽扣还给巴顿小姐。

虽然没有笔记本，佩拉仍然把注意力集中在周围的人身上。她要在心里记住她看到的一切，然后在回去的大巴上把它们记下来——她在毛衣下偷偷藏了一个小本子。

"雕塑"和佩拉见过的所有东西都不一样。它包含了各种各样的形状，却看起来很和谐。她的口袋里装着她从《时代周刊》上剪下来的报道：这是伟大的艺术，能抓住人心的艺术。当她偷偷地从口袋里拿出那篇文章的时候，她听到一个小女孩在尖叫，"飞行的奶牛！""走路的青蛙！"一个女人也惊讶地说，"它们是活的！它们是有生命的！"

佩拉看到了一个很高的红色怪物。它有三条腿，一个长脖子，还有以非常漂亮的弧度从顶端垂到颈部的银色的小树叶——那是一个鼻子吗？墙上的标签写着"铝树叶，红邮件，1941"。当佩拉看着它的时候，一片树叶正温柔地转向它，就像在和她打招呼。她对它微笑，还用一只手指冲它摇着，也向它打招呼。

她转向那篇文章，读出：

这是一个不容错过的展览，它对一切不同阶层、肤色、年龄的人开放。这些不断变化的雕塑在讲述着一个不会停止，也不会重复的故事——不会再次发生。这里没有规则，没有开始，也没有结束。或许，卡特的秘密就隐藏在某一个雕塑里，那些生活的秘密，那些改变了位置之后可以创造出新的生命的秘密。每个雕塑都让我们停下来，让我们惊喜，让我们看到更多，让我们庆祝。这是可以让人一再惊叹的艺术品。

是的。佩拉想。这时，她瞥到了巴顿小姐的短裙。她刚想把她的剪报塞回口袋里，巴顿小姐已经开始伸展她的手指了。

"这是我的。"佩拉说，双手交叉。"这是有关这次展览的报道。"

巴顿小姐瞪着佩拉，想要批评她点什么，她紧紧地抿着嘴唇，上嘴唇开始出汗。汤米站在一边等着看笑话，他希望佩拉能成功地反击她。

这时，荷西小姐恰好也来了。她带着今年的六年级学生。她微笑着，她带的学生们在高兴地聊天。他们的脸上放着光，每个孩子都带着记录用的本子和笔。这让佩拉有点想哭。巴顿小姐立刻转身离开了，她好像也觉得她有点过分。

佩拉不知道，她的老师为什么不能理解艺术给大家带来的快乐。这种"你可以带走你想要的一切"的感觉。

当佩拉祈祷着亚历山大·卡特的魔法可以减弱巴顿小姐烦人的能量的时候，七年级的同学们已经开始前进了。在可怕的安静里，大家经过一个又一个神奇的雕塑。因为不能和卡特或者汤米说话，佩拉感觉非常无聊。她发现一批小孩子，他们刚刚进来的时候，对这个展览不太感兴趣，而现在，那些刚刚还排着整齐队伍的孩子已经冲到前面，兴奋地扯着大人的手臂。她还看到一些老人，他们刚踏入博物馆的时候看起来非常笨重，现在好像变回了年轻人。他们的表情很平静，人也显得轻盈了起来。

发生了什么？这有些难懂。不过，这就是卡特的艺术。简单？那只是第一眼的感觉。复杂？当然，这是可以改变人的艺术，佩拉想，任何人。但是为什么？或许亚历山大·卡特的雕塑就是奇迹吧。奇迹！这个词真是太适合这些雕塑了，流畅地运作，产生旋涡，还可以流动。她想起卡特喜欢改变一些东西的位置，比如字母。她在大脑里改变了"奇迹"这个词的字母顺序，得到了：上升、英里、清晰、风险。卡特·皮莱可不是拼字高手，他想不到"风险"。

说到风险——卡特去哪了？

第五章

因为要集中精力维持秩序，在进入博物馆的前四十分钟，巴顿小姐完全忘记了清点人数。

"谁不见了？"她慌张地问大家。

一开始，没有人回答。大家看起来都不想理她。谁不见了？

"可能他去上厕所了。"汤米说。

"谁？"巴顿小姐问。

现在，情况变得很尴尬，但她还是不知道谁不见了。

"想走就走。"汤米得意地说。佩拉笑了。大家也笑了。

全班人都拒绝告诉巴顿小姐谁不见了。她用了五分钟才得到答案。

一间很大的展厅的门外有这样的牌子：

卡特游戏

五元

欢迎所有人

卡特·皮莱盯着它看了很久，他很好奇，什么是"卡特游戏"？

许多面墙，和一系列从地板直达天花板的楼梯在展厅里排成不规则的三角形。球形和不规则的四面体被红色的

软木板铺满。在一个壁龛上，有圆形的缝纫桌和一些舒适的椅子，还有，在每个桌子的中心，都放着一堆图画纸、一罐自动铅笔和一盒图钉。桌子是蓝色的，椅子是黄色的。离开队伍的卡特走进房间，看着旁边一个很大的公告板。

请进，

我们邀请你想象，然后，写下一个关于雕塑的计划。你可以用上任何东西：字母、符号和点子。这可以是一个可以实现的计划，也可以是一个不能实现的计划，总之，设计出你在你脑海中看到的东西，或者你在真实世界里所看到的东西。从任何一个雕塑里，你都可以找到平衡，美丽和惊喜。

唯一的规定是，你的雕塑需要有五个部分。这是我们集合大家的作品，让它变成一个整体的方法，这是你们的展览，也是关于"五"的展览。

请分享尽量多的纸雕塑。如果你想在美术馆外完成你的设计，再回到这里张贴他们，我们的大门也随时为你敞开。

由"自由艺术！分享它！"基金会主办。

哇，卡特想。佩拉肯定会喜欢这个的，还有汤米，用他寻宝家的眼睛。这是一个创造雕塑的方式——即使你不能真正创造他们！

他迅速地在游戏屋里看了一圈，然后追上了班里的队伍。或许巴顿小姐会允许他们玩这个游戏吧。

这间"卡特游戏屋"被正在画画和粘贴的人挤满了，

他们在读，在笑，在讨论。为了让玩游戏变得更容易，博物馆打印了很多例子，把它们摆在图画纸的旁边。在这些范例里，他们用一个叉来表示每个部分的位置，就像这样：

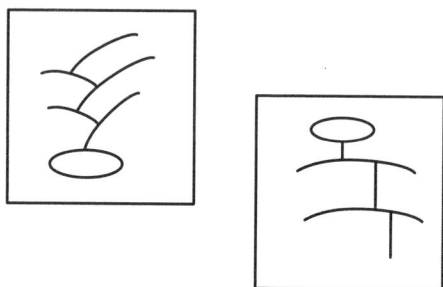

卡特抚摸着这些设计，他想着在空间里旋转的拼板。他注意到，桌子旁的人们经常从用 MCA 的标志开始，接着，用其他方法组织他们的想法。

"做这样的创作就像吃爆米花一样愉快！"一个大腹便便的男人坐在桌子旁边说，他用一只手抱着公文包，另一只手很快地在纸上绘画。"真难以停下来！"

"就像吃糖豆！"一个六岁的小孩说，他以很大的声音尖叫道，"妈咪！快来看我做出了什么！"

"这像是，一秒钟的艺术家，"一个年轻的、有文身的男人说，"我喜欢排列这些素材的方式，还有看到这些素材的人看到其他素材。"

那个抱着公文包的人依然在很快地用铅笔画着什么，他咕哝着。

"我昨天一整天都想到它，"一个上了年纪的妇女说，"我昨天半夜忽然想到了一个好点子，所以今天我又回来了！"卡特探出头去想看看她在做什么，但是她用手把它们盖住了。

接着他注意到一个美术馆的工作人员，她从墙上把作品依次摘下来，然后小心地把它们放在盒子里。"我们会用它们做些美妙的事情，"她对卡特说，"我会把它们都保留起来！"

忽然，卡特想起他已经在这里待了太长时间，他赶快冲出展厅，去找他的班级了。可能，这是他一天当中最英雄的时刻了：巴顿小姐不可能不让他们进来，谁能抗拒这样的游戏呢？

"你会喜欢它的！"卡特叫道。

巴顿小姐把嘴紧紧地抿了起来，她说："我们的时间已经不够了，我们现在要去礼物商店。没有时间再去什么游戏屋了，小孩！"

佩拉上前抓住了卡特的袖子，让他不要再说了。显然，已经没有什么希望了。卡特有些生气，不过他也只能泄气地把双手插进了口袋里。

七年级的学生们就这样走进了礼物店。两个小孩买了明信片，但是大部分人都愣愣地站着，等待着可以离开的信号。你或许也有这样的经验，在看了那么多的艺术品之后，卡片看起来实在太无聊了。而且，礼物店怎么比得过卡特游戏屋呢？巴顿小姐到底在想什么？

卡特、汤米和佩拉在礼物店里艰难地挑选着：一件黑色的 T 恤，上面印着用美元的亚历山大·卡特雕塑。前胸上印着的字母，大概是某种奇怪的语言。卡特·皮莱不是密码专家，佩拉和汤米却很喜欢密码。一般，在这种时候，他们应该讨论起来，但是今天，他们没有。

一些他们刚刚见过的大人此时正在一边的长椅上坐着，

他们看着一些由小小的黑色的楔形和一个红色的圆点组成的雕塑。忽然，就像想到了什么很出色的点子，一个人忽然关上他塞了过多纸张的文件夹。他跳了起来，冲向卡特游戏屋。

一张孤单的收据飘落地面。在收据背后，有几个字，用可怕的字迹写着：

猎捕动物
悬吊

"吊"的最后一笔被拖得很长，好像被什么致命的东西挂住了。

第六章

那天，在放学之后。卡特、佩拉和汤米走向了他们过去的六年级教室。他们需要荷西小姐的帮助。

三个人安静地站在熟悉的门口。他们三个人都穿着宽大的衣服，都是黑头发。不过佩拉比卡特高一些，比汤米高一头。当他们站成一排之后，就形成了一个有趣的阶梯。汤米的头发一直都很蓬松，在他的耳朵上，看起来快要滑下来了。卡特的头发则很坚硬，一束一束的，就像鬃毛刷，而佩拉的头发就像泡芙一样，卷卷的，经常从她的马尾辫里跑出来。

荷西小姐背对着他们，她正在一堆及腰深的电线里高兴地吹口哨。旁边还有一些包装好的材料，还有一些家庭

垃圾：杯子、鞋子、烹饪用具、塑料动物，还有成箱的游戏。

在面对着门的墙上，是三张亚历山大·卡特的工作室的海报，向大家展示着可能是有史以来最疯狂的工作室。成堆的电线、剪刀和金属块、工具、打开的颜料管，和已经被无数的形状和线盖满的木头的板条箱。你不可能辨认出它们原来的形状。而在中间，你能看到一个有一头蓬乱的白头发和略凸的肚子的人，他正在工作，那就是亚历山大·卡特了。

荷西小姐抬起头来，向他们招手。她笑了。"你们喜欢这张照片吗？没有什么可以比得上卡特的工作室了！这真是一个美妙的芝加哥之秋！整个城市都沸腾了！你们喜欢今天的展览吗？能看到二十世纪最基础和最意义深远的艺术，真是让人激动！我很难……"荷西小姐停下了，因为三个孩子看起来很糟糕。

"唔，"她停止了她的话，放下了她的电线，说，"进来吧。"她走过去，关上了教室的门。

"发生什么了？"她问。不过，他们知道她已经知道了。她把双臂交叉在胸前。"我也很难说我帮得上忙——我是说。看到你们这样我也不开心，但是这就是学校，我们都做不了什么。学校里有负责决策的人，我们只能执行这些决策。"

"但是巴顿小姐不让我们看展览！"汤米说，"她只让我们一直排着队，连我和卡特说话都要被罚。"

"她不许我们说话，也不许我们做笔记。我们在游戏屋前面多停一秒都要被骂，"佩拉说，"她让我们赶紧去买礼物。"

"她还没收我的拼板，"卡特生气地说，"她说它们是玩具。"

一个强装的笑容滑过了荷西小姐的脸颊。她在桌子旁坐了下来。"你们也坐下吧，"她说。

她继续说，"你们可以度过很棒的一年的，我知道。你们都可以找到属于自己的好开始。这就是大孩子该做的事。"荷西小姐在她的辫子上缠着一段派对电线，它变成了螺旋形。她看起来并不太确定，忽然，她又摇了摇她的头。

"不，我不能说我假想怎样。我们应该面对它，对你们来说，巴顿小姐是一个，唔，挑战，但是我知道你们三个可以度过的。或许你们也可以教她一点东西。而最重要的是，你们有彼此。"她看着他们三个，但是没有人点头。"我会试着给她一点信息，但是现在，你们有亚历山大·卡特。还有什么难以克服的事情呢？"

三个孩子依然没有回答，教室里只有燕子的声音。

荷西小姐站了起来。"来吧，我这里有些事情需要帮忙。我们正在收集做卡特雕塑的材料，但是我需要将它们好好分类，不然明天大家什么也做不成。"

汤米、佩拉和卡特的脸上出现了笑容，他们觉得，荷西小姐好像又变成了他们的班主任。荷西小姐假装没有注意到这些。她说："我觉得，在玩博物馆里的卡特游戏之前，了解亚历山大·卡特是怎样工作的是非常重要的，在物体与物体之间找到平衡。"

荷西小姐又回到了那些看起来有点像是垃圾的东西中间，而卡特、佩拉和汤米跟着她。

很快，四个人就开始愉快地讨论这次展览了。

"他真棒。虽然他是个建筑师，但是他创造出了自己的新建筑。"卡特说。他正从运动鞋上拔起一段花园格子。

"是啊,他在'找平衡'上真的很在行。而且,他用这些做出了很不一样的东西。"佩拉说。

"你看到那些最初的雕塑了吗?那些用碎玻璃、木头和垃圾做出的雕塑。他也是个寻宝家啊。"汤米说。他正在跟一箱浴室玩具和鞋带奋战。

"他也是个诗人。"佩拉说,她在整理一些聚会的废物。

"我知道你们三个也想做卡特雕塑,不管是在学校里还是学校外。"荷西小姐在筛选一些装满花园用品的箱子,那里面有一些杆子,还有陈年的种子,荷西小姐正在认真思考,怎么才能让它们获得新生。

汤米忽然说:"因为巴顿小姐,我们没时间做雕塑。"

"什么?"这下连荷西小姐也惊讶了。她皱着眉头说,"你们说什么?"

"没时间。"汤米说。

"她说卡特游戏是个有趣的项目,但是它不是准备给我们这些不会拼字的七年级学生的。"卡特说。

"但是如果她想让我们拼字,为什么她不让我们记笔记?"佩拉讽刺地说。

荷西小姐安静了几分钟,接着她耸了耸肩。"嘿,我希望你们都能秘密地完成你们的雕塑,"她说,"谁知道你们能想出什么好点子呢?我简直等不及了,至少我很期待见到它们。"

"嗯!"佩拉高兴地说。这是那天她第一次感觉到自己振作了起来。哦,为什么荷西小姐就比巴顿小姐好这么多呢?"我们会带着作品来找您的!"

荷西小姐笑了,是那种标准的探索者的笑容。"还有,你们也可以自己去展览玩那个卡特游戏啊。不要忘记：每次去看它们，它们都是全新的。它们在用全新的样子提醒你：就是现在！它告诉我们，我们生命中的每一刻都有不同的经验。"

荷西小姐停了下来。三个孩子笑了。"所以，看这里！"她轻快地叉着腰，点了点头。

"谢谢。"卡特说。

"好的。"汤米说，他正在挤一个橡皮鸭子，鸭子发出尖锐的声音。

"我们不会忘的。"

当荷西小姐听说了卡特即将进行的旅行，她高兴地拍了拍手。"多好啊！"她说，"虽然我不能去，不过我希望你能帮我一件事情。"

她在卡特的耳边说了些什么。他点了点头，他的表情很严肃。

当佩拉和汤米问他，荷西小姐说了什么的时候，他只是笑着摇了摇头。其他两个人都不相信荷西小姐让卡特帮她做了什么秘密的事情。这看起来很好笑，但并不非常好笑。

荷西小姐说了什么？为什么卡特不能告诉别人？

第七章

这是十月的一个星期六。在荷西小姐在卡特耳边说了秘密的几天之后，三个孩子现在正站在哈伯大街上卡特家的外面。

佩拉和汤米是来和卡特告别的，卡特就要和他爸爸出发去英国了。秋天的第一批落叶缓慢地坠下，打着美妙的旋涡漂流着，好像明天不会来，也没有人会把它们踩碎。

"嘿，到处都是'雕塑'，"佩拉说，"一切都在变化。"

男孩们没有回答。卡特看着街道，当他搅动口袋的时候，拼板开心地在里面翻滚着——巴顿小姐昨天把它们还给了他。汤米踢了一下路边的石子儿，然后叹了一口气。

"你收集过树叶吗？汤米？"佩拉问。

汤米摇了摇头，抬起下巴说："不是幼儿园小孩才会做这种事吗？"他问。他的语气表明他不想说话。

佩拉的喉咙里升起一股怒气，她刻薄地说："你在幼儿园会挖鼻孔，现在也会。"

两个男孩盯着她。佩拉背对着汤米，对卡特说："你寄给我一个'雕塑'怎么样？用来代替明信片。不要解释，我会试着解开它。"

"好啊。"卡特说。

汤米好像想要说什么。他张了张嘴，但最后什么也没说。

一辆出租车来了，三个孩子身后的大门也被打开了。卡特的父母走出大门，伊维特·皮莱一次又一次地拥抱她的儿子和丈夫，她的眼神有些忧伤，佩拉和汤米假装看向一边。

"一切顺利！男孩们！"她说，"等你们到了，给我电话。"

卡特先爬进了出租车，然后是他的爸爸。当车缓缓开走的时候，卡特向大家挥手告别，他手里握着一块黄色的拼板。

"那应该是个 W，"佩拉说，"或者是 M。"

"那是 N。"汤米说。

卡特的妈妈叹了一口气："他们都走了，这还是第一次。"她缓慢地说，就像这提醒了她什么，"至少他们都带护照了。"

她看着佩拉和汤米，好像在期待他们能在卡特不在的时候和她说几句话。但是汤米的肩膀耸得高高的。"再见!"他对佩拉说。

他们直直地盯着彼此。不，因为身高的原因，汤米实际上是在盯着佩拉的脖子。

"往这边走吗?"他问。还没等佩拉回答，他就转身离开了。

佩拉盯着他的背看了几秒，不过也很快转身了。

"小蠢蛋!"她生气地自言自语。

"笨女孩! 自以为是!"汤米也在心里暗暗想着。

虽然他们都为卡特的离去而不舍，但同时他们也觉得有些轻松：在卡特不在的这段时间里，他们不用假装和平相处了。

伊维特·皮莱看着空空的街道，叹了一口气。或许，她今天应该去看看亚历山大·卡特的展览，听说他的展览很能抚慰人心。那些雕塑看起来在唱：看，这里没有战争。我们在这里，做自己想做的事情。她想，一个雕塑就是一个理想的家庭。她拿起她的夹克。每个人的位置都在变化，但是，他们之间仍然有着关联。

"看，我们做我们想做的，现在，我们就在这儿。"这些话像是一段美丽的诗。

在沿着哈伯大街走向火车站的路上，她回头看了看她的家，街上唯一一幢红房子。她锁门了吗？当然！

看着美丽的红房子和树枝，她尽力忽视那股突如其来的不祥的预感——有什么东西不太对劲。

第八章

第二天早晨到达伦敦的时候，卡特觉得有些茫然。因为太激动，他整晚都没睡。这是他第一次离开美国，他不想错过任何东西。

当飞机降落，他认真地观察着蓝天白云。它们是不是和美国的一样？好像是的。不过，它们有一点温柔的灰色，让他想起那天他帮荷西小姐整理东西时看到的橡皮。还有口音！虽然没出机场，不过卡特很快就能感觉到自己是个外国人。他想到了三年前去世的奶奶，她的英语带一点儿英国口音。他觉得他的爸爸现在也多少带一点英国口音了。卡特头一回觉得，一个人的口音原来也如此重要。

到了拿行李的区域，卡特看着周围，感觉有点迷惘。谁会是外国人呢？你真正属于你出生的地方吗？这个问题听起来有点荒谬。他知道有很多出生在其他地方的人在美国并不算是完全的外国人——比如，他的母亲来自加拿大，而他的父亲来自印度，卡特自己出生在海德公园地区。但是他从没觉得这有多大差别。

他的大部分朋友的家人都不是完全的美国人：汤米出生在哥伦比亚——他爸爸的国家，而他的妈妈来自英国，虽然她已经很久没回英国了。佩拉的家庭成员分别来自中东、北非和欧洲。卡特不知道她出生在哪里，他好像也没问过。

他的爸爸看起来很高兴被英国口音包围。他拿到行李后走得更快了。很快地，他们就登上了去牛津的巴士。卡特坐在窗边的座位上，看着窗外飞快变化的风景：山丘和小路，黄色和红色的树叶，小小的星星和新月。嘿，这也是卡特雕塑的一部分呢，他真希望能和佩拉一起分享这个想法，她也喜欢在现实世界里寻找艺术的痕迹。

他发现，大巴上的表是二十四小时制，现在的时间是16：44。他用胳膊肘捅了捅爸爸。"这边的表都是这样的吗？"他问。

"是的，连大巴上也是。这样更严谨，你不觉得吗？"

卡特点了点头。过了一会儿，他看到了一个牌子，上面写着"边缘柔软"，然后，又有一个牌子，写着"注意排队"。他又捅了捅爸爸。爸爸对他解释道，第一个牌子表示路边会有湿地，第二个牌子表示前面可能会出现交通堵塞。英国人看起来都温和有礼。卡特想起了他的祖母，她在芝加哥的商店排队的时候也常会用 queue 这个词。为什么队伍会是 Q 呢？是用来形容队伍的曲折吗？卡特想到人们带着鸡蛋和牛奶排成"Q"字形队伍的样子，笑了出来。

到牛津的路还有很长。到了牛津，他们还要换车去伍德斯托克，那个他们要住的小镇。换车以后，卡特的眼皮开始打架了，他很快就睡着了。

过了一会儿，爸爸拍了拍他，说："我们到了。"

巴士在街角离开了他们。他们现在站在一排石头房子边。沃特·皮莱拿出一张地图，把它交给卡特。他说："我们的旅馆叫季诺斯利，在阿雷小屋路上。"

他们开始一起研究地图。他们拉着行李箱穿过街道，转过转角，走上一条短短的、蜿蜒的小路。一切看起来古老而宁静。一天刚刚落幕，温柔的毛毛雨就降下来了。卡特注意到，这里没有那么多路灯。他和爸爸转上另一条路，然后同时停下了脚步。

他们到达了一个广场，但是，它有点异常。两个人都僵住了，而且都没有说话。卡特的爸爸挑选了一个他认为很典型的英式小镇，一个安静的地方，有着过去一个又一个世纪的痕迹，时间在这里静静流逝……但这是怎么回事？

在广场中央有一个巨大的红色雕塑。它很特别，生气勃勃，并且——这不是亚历山大·卡特的雕塑吗？它为什么会在这里？

"奇怪！"卡特的爸爸说。卡特听出了他声音里的疑惑。在颠簸了这么久之后，他们来到这里，就是为了见到卡特的雕塑吗？

他们敲了几下季诺斯利旅馆的门，门很快就被打开了，就好像旅馆的主人季诺斯利太太一直在门后面等着他们似的。她看起来很神秘，动作柔弱而轻盈。她从他们中间穿过，带他们走向他们的房间。他们刚一进去，还没找到机会和她握手，季诺斯利太太就走出房间，并且用力地摔上了房间的门。

房间里有玫瑰的香气，还有一些绣着花的枕头。枕套上面绣着"走路请放轻脚步"，还有"早起的鸟儿有虫吃"。在两张床之间，有一盏古老的台灯，它看起来就像一个漂浮的宝藏库。卡特和爸爸脱掉鞋子，倒在各自的床上。他们太累了，已经没有力气讨论那个古怪的雕塑，也没有力气洗漱。

当卡特醒来的时候，爸爸还在旁边睡着。卡特想起了荷西小姐交给他的任务，接着，他听到水滴在石头上的滴滴答答的声音，想起了英国的月光中，亚历山大·卡特的红色金属雕塑。

第二天早上，他们小心地走下台阶，发现客厅里摆着两把椅子。季诺斯利太太穿着拖鞋从厨房走出来，卡特终于有机会打量她了。她戴着蓝色的眼镜，穿着一条印着很多行李箱的古怪围裙，她的头发让卡特想到了面团。卡特知道她的姓的开头字母是"K"，许多姓这个姓的人都长着特别的鼻子。不过，她没有。

她为他们做了煎鸡蛋、培根和香肠，还有一盘很干的烤吐司。卡特不喜欢这么肥的肉，只好小心地把它们拨到盘子的一边。当卡特的爸爸在享用早餐的时候，卡特正在环视房间。架子上放着装盐和胡椒的陶瓷罐。二十个啤酒杯和三个糖果盘被放在盖着蕾丝桌布的桌子上。一个篮子里放着很多毛衣针、红色的毛线球、旧相册，还有五幅很好看的人像画。

卡特仔细地看着这些人像画。有些男人戴着好像格子煎饼的帽子，不过它们是毛的。卡特想向爸爸指出这一点，但是季诺斯利太太正在门口盯着他们，她缓慢地搓着手，就好像她能在空气里洗手似的。

"说实话，对于一家人来说，一星期中最好的一天就是星期日了。"季诺斯利太太说，就像这是一件再明显不过的事情。"一辈人，又一辈人……我就在这间房子里出生。现在，住在这里很贵，要交税，又要维修房子，但是我从来没有住过其他房子，以后也不会。"

卡特的爸爸看向卡特，好像是怕他不小心说出什么不该说的话，一些卡特在思考的时候经常不自觉地说出的话。"跟我们讲讲卡特的雕塑吧，那是卡特的雕塑吧?"沃特·皮莱一边嚼着香肠一边说。

季诺斯利太太的微笑凝固了。卡特发现，她的表情由友善变成了严厉。"我们伍德斯托克人不欢迎它!"她怒气冲冲地说，"它是两周之前出现在广场上的，当时，它引起了巨大的轰动。秋天的时候，一个神秘人物把它捐来了这里，一个有钱的美国人，收藏很多艺术品。他说这是个礼物，但是我想他只是在清理仓库而已。当然，它很值钱，而且我猜它也能给人留下很深的印象。"

她暂停了一下，或许她是想起眼前的两位客人也是美国人。"在某种程度上。"她很快地结束了这个话题，然后看向一边，厨房里响起了一阵窸窸窣窣的声音。

"哦，那一定是帕米，"季诺斯利太太说，她的眼睛好像亮了一些，"它常常在这片地方活动，它是这里最聪明的猫。"

她打开厨房的门:"过来! 亲爱的帕米! 到妈妈这里来。快看，我们有客人来啦。"

卡特和爸爸看到一只大黑猫向他们"滚来"。一只亮晶晶的琥珀色眼睛睁得圆圆的，另一只眼睛则稳稳地闭着。因为它太大了，所以让人感觉站立对于它来说都是一件不容易的事。

"喵。"这个黑毛球叫道。

"是的，可怜的家伙，很小就在事故中失去了眼睛。"季诺斯利太太怜悯地说。她弯下腰，温柔地抚摸着猫咪。"我的小男孩，帕米! 平时，它会从属于它自己的门钻进来。如果我在镇上看到它，对它喊：'家！帕米！回家！'它就会转身向我跑过来。很奇妙吧？它是个聪明的孩子。"

"喵。"帕米又叫了一声，然后，它趴下去，多毛的肚子从两只前爪中间挤出去一部分（它太胖了！），看着早餐盘的方向，显得很急切，接着，它又看看季诺斯利太太。难怪它喜欢回家，卡特想。

在季诺斯利太太清理桌子的时候，帕米一直在她背后滚来滚去，发出尖锐的叫声。"好了，亲爱的。"季诺斯利太太说。她打开厨房的门，让帕米先进去。

十分钟后，在卡特和他的爸爸离开旅馆之前，季诺斯利太太交给卡特一把拴在钥匙环上的钥匙。"欢迎来到伍德斯托克，王的家园。"钥匙环上这样写着。卡特把钥匙塞进口袋，钥匙和那些拼板发出了不太悦耳的碰撞声。

"你的口袋里是什么？"季诺斯利太太好奇地问。她的脸和卡特靠得很近，卡特发现，她的眼镜片很厚。"工具箱吗？"她问。

"呃，是我的拼板，"卡特机械地说，然后拿出一个"V"形的拼板给季诺斯利太太看。

"哦，我知道。"她说，但她应该是在敷衍他。"听好了，年轻人，我知道你爸爸今天会出门，你也一定会跟着去。"她的眼睛睁得大大的，里面有一种探索的意味。她的眼睛在卡特周围来来回回地扫视着，就像在观察他身后的角落。

"拿好钥匙，"季诺斯利太太严肃地说，"谁知道小镇里会有什么人呢，被那个奇形怪状的东西带到这里的人。"

卡特很惊讶，季诺斯利太太竟然把亚历山大·卡特的雕塑称作奇形怪状的东西。他和他的爸爸勉强地笑了笑，点了点头。卡特有点希望她忘记，他也叫卡特。不，她应该不想记得。

当他跟着爸爸走出门的时候，他小心地跨过了那只猫——趴着的黑猫几乎要把整个门厅都填满了。它正舔着前爪，好奇地望着卡特。它的舌头伸着，好像在说："别乱说话，明白吗？"

卡特笑了，他想抓抓帕米耳朵后面的毛。但是，在他碰到它的毛之前，帕米就伸出爪子，给了卡特一记吓人的重击，好像是要提醒他什么。

卡特吓了一跳，很快地摔上了门。

第九章

当卡特的爸爸在牛津大学植物园参加会议的时候，卡特正在植物园周围四处闲逛。这个地方真是令人惊讶，它有四百年的历史，是欧洲最古老的药草花园。卡特知道，这里种着来自全世界的珍稀植物。卡特已经习惯了他爸爸的工作：在城市里建造花园，在他们自己家的花园里种各种植物。但是这不一样。不管你往哪个方向走，看到的都是一大片叶子和花。一些床被放在柔软的绿地毯上。花园周围是很高的石墙，石墙外面是喧嚣的城市，而墙里面，是一个平静的世界。

卡特注意到，这些植物是按照品种分类的。他走过那些常春藤，很快就发现自己被一些精致的灯笼状的东西包围了，它们精致得令人惊讶。下面的牌子上写着"酸浆"。他又来到了一丛黑色的、矮小的植物前面，它们属蔷薇科，也叫"屠夫的扫帚"，一种食肉花，或者，是吃掉血的花？卡特扬起了眉毛，然后他看向远处——那里更加有趣。那里是罂粟，又叫鸦片花。旁边的牌子上写着：这是吗啡的原料。哇，卡特看了看周围，这是有毒的材料，但是这里并没有人看管。

他继续向前走着，并为刚才的念头感到羞愧。或许英国人就是更守规矩吧。哦！看看这个！卡特跪下来，仔细地看着牌子：颠茄！这不是著名的有毒植物吗？不过，它的叶子是一种单纯无害的绿色。卡特想，如果他想谋杀一个人，把这种植物拌进他的沙拉是个不错的选择。如果他能成功地把一片叶子带回芝加哥去，汤米肯定会非常惊讶的！但是很快，他就开始想象他和爸爸在机场被逮捕的情景：他们会被送进监狱，被罚款。他妈妈的声音从铁栏杆的另一边传来："你们究竟在想什么？"

他经过了景天与石莲区，接着是血心兰，他第一次看到这种植物是在家中的花园里。这里还有石竹和肥皂草，旁边是一个温室，里面有目前为止人类发现的所有种类的仙人掌。有一些仙人掌很小，为了能让观赏者看清楚，它们旁边都准备了放大镜。然后，又是一个温室，卡特依然没有看到任何守卫。这真是个诚实又守规矩的地方，他开始喜欢英国了。

咦？这是什么？一个小小的绿色牌子上写着：植物特征：食人。卡特抑制住了自己把手伸到它们前面去的冲动。他一边走着，一边快乐地搅动着口袋里的拼板。这地方真棒！

出了温室，他又走到一条小河的旁边，长方形的小船整齐地停在河的一边。卡特注意到，英国的街道和人行道都是直的，不像芝加哥的那些街道。现在他发现，就连船也是规则的长方形，没有任何曲线。英国人的想法和美国人真的很不一样。

那条小河看起来就像佩拉会往她的笔记本上贴的照片。忽然，卡特很想念他的两个朋友。佩拉可以在这里的长椅上写作，而汤米则可以在这里寻宝，他们三个人可以聊季诺斯利的猫，还有这个奇怪的"危险花园"。想到这里，卡特叹了一口气。

他的爸爸给了他牛津的地图，也告诉了他应该去哪吃饭，怎么去教堂——《爱丽丝漫游仙境》的作者路易斯·卡罗尔——曾经工作和生活过的教堂。卡特一直不喜欢《爱丽丝漫游仙境》，虽然他知道，路易斯·卡罗尔是个厉害的数学家。当卡特的爸爸妈妈给他朗读这本书的时候，卡特觉得很奇怪，为什么爱丽丝常常会哭？或许，如果爱丽丝有拼板，她会稍微镇定一些吧，她需要一样东西来帮助她集中注意力。

牛津的校园看起来有点像芝加哥大学的校园——芝加哥大学就在海德公园的旁边。爸爸曾经告诉他，海德公园是模仿一个英国的公园建造的。现在，他发现他家周围的建筑和这里也很像。比如，在大楼的顶部和门廊里，有很多的石刻，但是这里的石头的颜色更明亮，像爆米花，也像芥末，大楼的转角大部分都是圆的，石头都有被风化的痕迹。

卡特的爸爸说，牛津大学是说英语的国家里历史最悠久的大学，大概有一千多年历史。卡特的手滑过古老的石头墙壁，再一次深深地感觉到美国是多么的年轻。在他现在站的这条街上，人们曾经走过一个又一个世纪。这面墙壁曾经是什么样子呢？这条街上发生过谋杀案吗？或者，他站的这个地方发生过谋杀案吗？他越想越兴奋。他想象着很多人——好人和坏人——多年来从这条街上走过的人，还有那些让他们高兴、疯狂或者担忧的想法。

这里的钟每十分钟打一次。在去教堂的路上他迷路了三次。他发现，这里的大楼几乎都在关门修缮。当他回到植物园外的人行道，一群吵闹的学生迎面走来，教师和游客也正从各个方向涌向这里。卡特感觉有点饿了，他走进了一家三明治店。店里排着很长的队，当终于排到他的时候，他说想要一个汉堡包和番茄酱薯条，但服务员好像没听懂，因为服务员问道："不好意思，是牛肉 bap 加土豆条吗？"

卡特不知道该怎么办了，他感觉很尴尬，耳根都红了起来。到底什么是 bap？他点了 fries（薯条），服务员为什么没有提到 fries？他紧张地搅动着口袋里的拼板，结果一个拼板掉到了地上，当他弯腰去捡的时候，他的头磕到了柜台。他后面想吃牛肉汉堡的家伙有些不耐烦，卡特只好狼狈地指了指菜单上的黄瓜三明治配柠檬水。

他真希望英国给他的尴尬能到此为止，但是，好像有一个黑暗的声音在对他说：并非如此。

"祈祷吧。"他对自己说。但是，他又不由自主地皱起了眉头，他发现，自己的语调有点奇怪。

第十章

虽然已经过了午饭时间，但是街上依然塞满了公共汽车、卡车、小汽车和自行车，这和安静的伍德斯托克以及他在芝加哥的家都不一样。卡特回到了植物园，他在那里等爸爸。

他在一棵树下躺了下来，拿出他的拼板，它们让人觉得舒心。他把头枕在手上，闭上眼睛休息。芝加哥和这里隔着四个时区，有六个小时的时差。如果是在芝加哥，他这时候应该还没有醒。很快地，他就进入了梦乡。在梦里，他把那些有毒植物的叶子剪成拼板的形状，把十二块拼板拼成了一个长方形，然后，那只叫帕米的猫就过来吃它们了。

"别吃！帕米！有毒！"他喊道。他的有毒植物拼板都被风吹走了。接着，他小心翼翼地和帕米保持着安全距离，带着它来到了花园里另一处有蛇的地方。卡特决定给他知道的所有长方形分类，比如花园、奇怪的船、黄瓜三明治，还有……

"卡特！今天过得怎么样？"爸爸的声音打断了他的梦，爸爸在植物园里发现了他。

当他们往公交车站走的时候，他给爸爸讲了他的梦。

"听起来有点像爱丽丝梦游仙境，"爸爸笑了，"或许是路易斯·卡罗尔的灵魂进入了你的大脑，现在你像他笔下的爱丽丝了。"

"但愿不是。"卡特说。

"你的头怎么了？"

"呃，在买三明治的时候撞到了。"卡特说。

"唔……"爸爸感兴趣地看着他，等他继续说，但是卡特没有接着说。"但是你这一天计划得很好。"爸爸总结道。

卡特点了点头。他忽然想起，这是他第一次在一个完

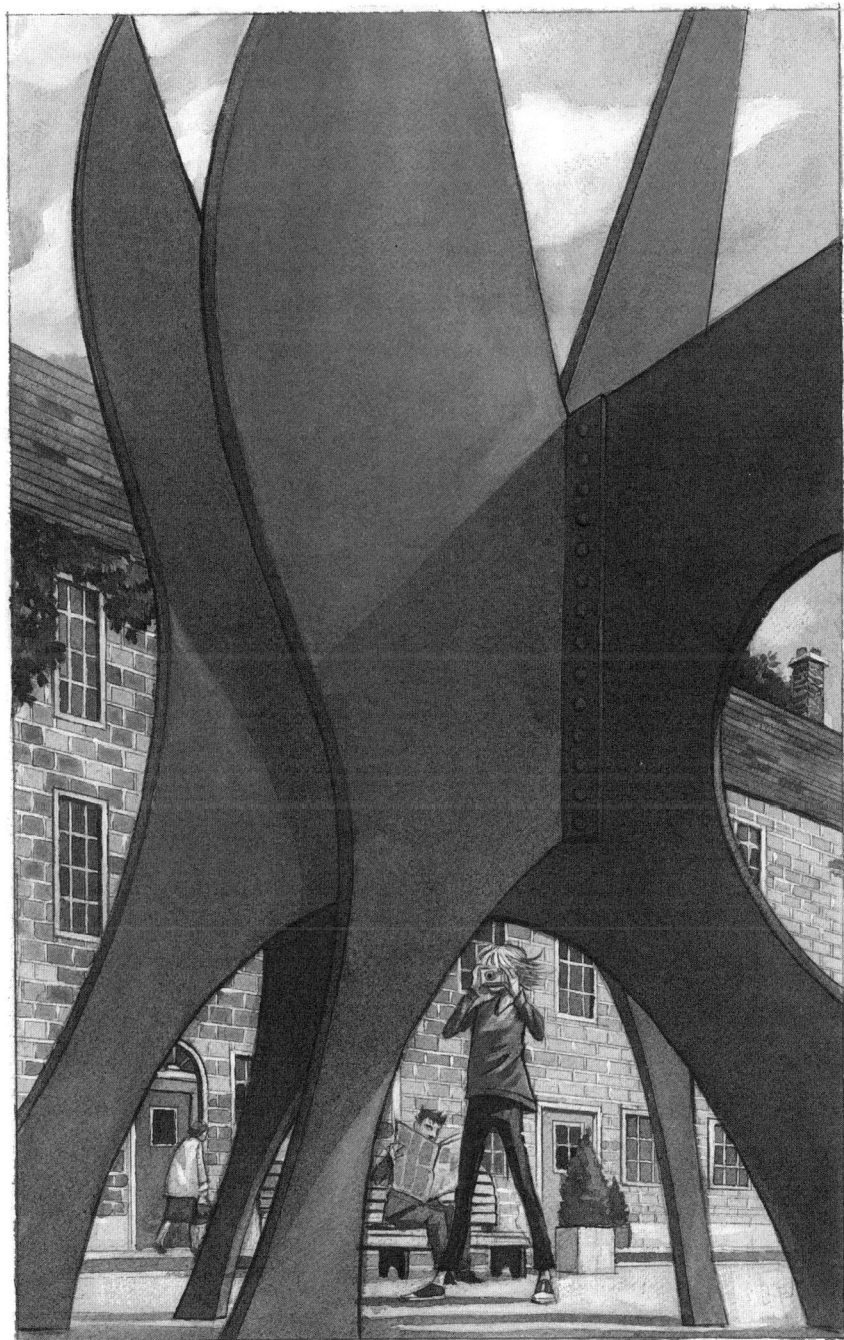

全陌生的地方独自度过了一天。他有了点成就感，坐直了一些。

伍德斯托克宁静的石头房子给人一种平和的感觉。当卡特和爸爸回到旅馆的时候，一个穿着拖鞋的老人带着他的狗慢吞吞地经过。镇子上没有汽车，风把窗户吹得晃来晃去，枯叶在脚下咔咔作响。这时，卡特又想起了他一位年长的朋友。

"莎普太太会愿意住在这里的。"卡特说。路易斯·柯芬·莎普太太喜欢所有老的东西——房子、家具、书甚至思想。

"嗯，她很适合这里。"爸爸表示同意。

"明天我想留在镇子里，爸爸。"

"好主意！"沃特·皮莱看着他的儿子说，"其实这里有点像海德公园，不是吗？一个更神秘的'海德公园'——一个曾经见证过国王、王后，还有无数故事的'海德公园'。我们可以带着伍德斯托克的地图和导游书，看看我们能找到什么。"

"这里高高的墙也让它看起来特别神秘。"卡特说。

好像是在支持卡特的观点似的，他们听见有人正用金属的工具在鹅卵石的地面挖什么东西，然后看到一个人在墙的另一边站起来。

"可能是园丁。"卡特的爸爸说。

"可能是有人在挖宝藏。"卡特想到了汤米。

当他们走向阿雷小屋小路的时候，他们都注意到了雕像前停着的卡车。雕像看起来仍然那么棒：它看起来狂放而明亮，好像正在庆祝胜利。

这时，一个穿着黑裤子和毛衣的少女从广场的另一边出现了。她扫视了一圈广场，然后走向了雕像。她的腿又长又细，像一只鸟，她有着浅茶色的头发和一个精致的鼻子。卡特和爸爸都僵在了原地，他们都觉得不该贸然闯入她的视野。

在以最快的速度环绕了卡特雕塑一圈之后，少女拿出一个小小的相机，给雕像拍了十几张照片。接着，她把相机丢回她的相机包，又拿出一卷卷尺。

就在这时，忽然传来一声巨响，街上一间酒馆的门被打开了，一阵像吼叫似的大笑传了出来，卡特和爸爸听到有人在喊："我不是疯子！……裂口……"

还没听清后面的话，门就被关上了，关住了剩下的话。

女孩愣了一秒钟，然后飞快地把卷尺放进了口袋。她坐在长椅上，拿出笔和纸，把纸放在膝盖上，低下头画着什么。不一会儿，卡车后传出了沉重的脚步声，一个大块头的男人大步走过酒馆，走向女孩。

"我跟你说什么来着？"他咆哮道，和刚才那个咆哮的声音好像是同一个声音，"不许你靠近这里，不许，永远不许！"

不过，女孩并不怕他。她耸了耸肩，继续画她的画，就像她原本就属于这里。

愤怒的男人上前抓住了那张纸，用他的大手把它揉成一团，然后往长椅上狠狠一丢。而少女呢？仍然维持那个姿势，拿着她的笔。

"是我的女儿，就别假装听不见！"他大吼。

女孩站在原地没有说话。接着，她转过身，僵直地离开了广场，消失在一条窄窄的小路上。

男人仍然呼呼喘着粗气，过了一会儿，他抬起头，看了看那看起来有点寒冷的天空，然后耸了耸肩，大步朝女孩消失的方向走去，低沉的声音念着一串脏话，就像一艘船后面不断激起的气泡。没过一会儿，他也在同一条小路的尽头消失了。

"他可不是个好爸爸。"卡特说。

"是的，但是他也是在关心她，"沃特·皮莱沉思着，"我在想，为什么呢？"

"诱惑人的神秘气氛。"卡特说。

沃特·皮莱点了点头："虽然看起来没什么危险，但是，那是在有人被杀之前……"

"喂！"

"哈哈，开个玩笑。"

当卡特和旅馆的锁战斗的时候，他的爸爸正看着屋顶和天空，感叹着景色的美丽。而在两个人进入房间的那一刹那，一张斧子形状的脸在街对面的窗帘后出现了。那双黑色的眼睛眨了眨，然后窗帘又恢复了原样。

第十一章

在公交车站，卡特和爸爸说完再见，就把两只手插进口袋里，开始在村庄里穿行。

他决定像奶奶教他的那样，从一个点出发，走向一个又一个地方。在生活中，这个道理非常实际，比如，在你没有做好一个用五块拼板拼成的长方形之前，你无法做一个用十二块拼板拼成的长方形。

"嗯，是个明智的选择。"当卡特对爸爸说，他准备今天先熟悉这个村庄，明天再享受布莱尼姆迷宫带来的惊喜的时候，他爸爸这样评论道。

虽然只能追溯到 1991 年，但是，迷宫也代表着一段历史。它标志着 18 世纪时马布罗公爵在巴伐利亚的著名胜利，那是他为英国女王赢得的一场重要战役。有人说，这个迷宫是世界上最大的迷宫之一。卡特知道，它的设计里包括了号角、旗帜、炮弹和大炮。他不是很肯定在树丛组成的标志里迷失是什么感觉，但是他很快就会知道的。想到这些的时候，他激动地搅着口袋里的拼板。

当他经过商店的橱窗，看到里面摆着的迷宫地图的时候，他尽量不让自己去看它。在飞机上，他想到了一些很不错的拼板迷宫，他决定，在进入马尔堡的迷宫之前，先把他脑子里的迷宫整理好，最好不要把两个迷宫搞混。

虽然卡特已经决定要独自探索小城，不过还是觉得这个计划有点疯狂。和牛津大学比起来，这里没有什么人，而且每个人的脸色都很苍白，就像很多年没有见过太阳。在卡特路过的时候，他们都会打量他一眼。这个村庄是不是有什么秘密？还是说他看起来很奇怪？卡特偷偷地看了一眼他的裤子拉链。

他走过一条又一条曲曲折折的小路。他刚刚走过这条路吗？不，他没有，因为这里的商店还是头一次看到，所有商店窗户的缝隙都被奇怪的东西塞着，一个人拿着一些摇摇晃晃的吊灯部件和一些玻璃的门把手走着。路边有一个带弯曲把手的烛台，还有印着竖条纹的花园手套、印着国王头像的鸡蛋杯以及印着精细花纹图案的茶壶架。嵌在一幢大楼的黑板上写着：去皮去毛野鸡一对，去皮去毛野鸭、鹧鸪、几内亚鸟、鹌鹑、鸽子，还有可以直接放进烤箱烤的野兔子。透过厨师的窗户，他看到一排被拴着脖子的鸟，还看到一只小小的、没有毛的脚。他抖了一下，开始庆幸在家里的肉里看不出动物的形状。

嘿！这是什么？他发现了一些木桩。它们是刑具，是用来惩罚那些违法的人的。真残酷！这里还有很窄的椅子，有两片很重的木板，卡特认为这是用来夹住人的脚的。当一个人受刑的时候，所有人都会盯着他看，那一定很糟糕。他数出了 5 个用来放脚腕的洞，为什么是 5 个呢？3 个人里有 1 个人只有 1 条腿吗？如果芝加哥有这个，巴顿小姐一定会让他天天坐在这里的。

走过这些刑具，就到了牛津郡博物馆。季诺斯利太太曾对他说，这里是"一个很好的开始！有男孩子会喜欢的东西"！这是一座很古老的石头房子。卡特已经想好了，如果里面都是盘子和珠宝，他就立刻离开。

但他猜错了。他进入的第一间房子就堆满了动物模型和骨骼。这些模型真是栩栩如生，他们好像正穿过街道，向你走来。他看着猛犸的下巴，远古象、黑熊、狮子的牙齿、骨头、毛皮。有的动物生活在二十万年前，那时候，世界的气候正在逐渐变暖。接下来，出现了一些哺乳动物：狐狸、野兔、刺猬、鼬鼠、鼹鼠、牡鹿、燕子、田鼠……旁边摆着一些小块的人类的骨骼。这里还有很多鸟，卡特看到了一些奇怪的名字：鹩鸰，青足鹬……几千只晶亮的眼睛正注视着他。一旁的介绍牌告诉他，英国的这个地区曾经叫作科茨沃尔德。在很多年前，这里是一片森林。当然，现在，这里也住着数不清的动物。

下一个展厅是"偷猎者和看守者"。他曾经看过一本叫

TAKE NOTICE
MEN TRAPS and SPRING
GUNS ARE SET ON THESE
PREMISES

《世界冠军丹尼》的书，那本书的背景就是一个英国小村庄。偷猎是一门掌握时间的艺术，当然，它也让人提心吊胆。这真是一个有趣的地方：这里有一些很老的枪，一把巨弓和一支巨箭，还有一些显然已经无法使用的陷阱，这些陷阱是为那些偷猎者准备的。其中有一个"人的陷阱"，它是用坚硬的钢铁做的，被使用的时间在1750年到1827年之间。那之后，这种行为就被禁止了。它可以打断一个人的手脚，或者造成更严重的伤害，它经常被埋在树丛里面。卡特继续往下读：

从1809年开始，这个地区到处都是偷猎者，各种犯罪时常发生。对所有人来说，偷猎者都是一群可怕的人。牛津的监狱已经关不下如此之多的罪犯。

嗯，所以那时候，这一带藏着很多亡命之徒，也有很多野生动物可以猎杀，当然，前提是你有勇气赌上你的生命或者你的手脚作为猎杀动物的代价。而且，一旦被捕，惩罚将会非常严厉。卡特想象着那些场景，那一定比展览中所提到的更可怕。偷猎者和有钱的地主是两种人，这两种人都不会同情对方。这比昨天他在植物园看到的食肉植物黑暗太多了。

卡特忽然想起昨天晚上听到的铁铲声，还有那个爸爸低沉的吼声。那个"生气爸爸"，是属于偷猎者还是看守者呢？

这是一个卡特不愿意思考的谜。

第十二章

卡特走出博物馆，觉得自己现在已经了解了足够多的伍德斯托克历史。这时，他看到一家卡片商店，同时也是邮局。他想寄三张明信片，分别给他的妈妈、佩拉和汤米。他穿过街道，经过许多黄色的、大大的树叶，这些叶子是从鹅卵石道路上被吹到这里来的。佩拉看到它们一定会说，它们看起来像星星，而汤米会睁圆眼睛看着佩拉。想到这里，卡特笑了，他走进这家商店，好奇地看着周围。

一群人站在放报纸和卡片的架子前面。角落里有一个柜台，上面的小玻璃窗写着"皇家邮政"。一个男人坐在窗户后面的凳子上等待着顾客。这一定是卡特看到过的最小的邮局了。

卡特花了一些时间挑选明信片，他发现商店里真安静——是太安静了。他看看这边，看看那边，只能听到铁架子摇晃的声音。卡特习惯性地把一只手放进了他装满拼板的口袋。

一个中年女人带着挑剔的神情看着那些卡片，不知道为什么，她注意到了卡特插在兜里的手。旁边的一个老男人清了清喉咙，好像他的话刚刚被什么打断了，现在他要接着说下去。他伸出一根手指，欢快地用它挖了挖耳朵，吼道："荒谬！"

女人发出一声很响的叹息，让卡特想起了母鸡的叫声。"是的，那最让人不舒服了，真希望它没有那么夸张。"她停下，去翻看手边的纸张，好像在说，这个话题不用继续讨论下去了。

第三个声音加入进来了，他的话听起来非常模糊，好像他的嘴里含着东西——卡特怀疑他刚刚去看过牙医。"好吧，真遗憾。没有人问过我们，没有人！他们没有考虑过我们的意见，而他们也无知得很！他们觉得，对他们好的对别人也好，鞋不合脚也没关系！"

女人不同意了，开始用一种斥责的语调说："急躁！你总是这样！你没有在电视上看过那些博物馆吗？它们都是有人捐助的，不用花我们一分钱。而且，它们也确实丰富多彩！"

"是啊，就像我耳朵里的东西一样丰富多彩！"那个挖耳朵的人咕哝着说。

卡特微笑着，他想找个机会插话。不过，在大家都安静下来之后，他发现他还是保持安静好了。他拿着三张明信片走向了角落。

他刚刚写下"亲爱的妈妈"几个字，又有一个人加入了对话。

"所以？"一个男人喊道，"支持还是反对？"

没有人回答。"哑巴了？"男人继续说，"好吧，你们现在可以保持沉默。但是，几个世纪以来，那都是我们的广场！如果没有人帮忙的话，我会自己完成这项工作！"

"纳什，"挖耳朵的男人警告说，"别说了。"

现在卡特感觉有点儿紧张，他有点呼吸困难，写字的速度也慢了起来。那个叫纳什的男人，就是昨天广场上的那个"生气爸爸"！嗯，纳什，真是一个适合他的名字。

怎么才能快点逃出去呢？他已经开始写明信片了，他只能把它写好寄出去。于是，他走向了寄信的窗口，这时候，又有一个人吼叫起来："我要把你挂起来！像给鸡煺毛一样给你煺毛！"

卡特被吓到了，有一瞬间他还以为那个人在对他喊，但是很快他就发现，被威胁的对象是那个挖耳男。

"三张邮票，谢谢。"卡特低声说，他想起了透过屠夫的窗子看到的鸟模型。

"寄哪里？"对面的人问道。

卡特紧张地吸了一口气："美国。"他低声说。这种安静太可怕了。

卡特的手心都冒汗了，心剧烈地跳动着。他把手伸进口袋里去拿钱，然后又把一堆东西一股脑塞进口袋里。当他想离开这个鬼地方的时候，他发现那个刚才在大喊的男人正好堵着门。

纳什就像一头公牛，眉骨很高，黄色的、卷曲的头发从他的头和脖子上的很多地方冒出来。他的鼻毛也非常浓重，好像两片灌木丛。他是卡特见过的毛最多的人。纳什这个名字听起来太普通了，"生气爸爸"比较适合他。

他勉强地朝"生气爸爸"挤出了一个微笑，好像在说，别因为我是美国人而揍我。"生气爸爸"长时间地、满怀恶意地盯着卡特，他认出卡特来了吗？

所幸，他最终让开了一条缝让卡特过去，接着，他又狠狠地用拳头把门关上了。卡特吓了一跳，赶紧躲开了那扇门。

"所以，纳什……"卡特一离开，那群人又开始激烈地讨论。

男人吼出一串脏话作为回答，卡特没听清楚结尾的几个音节。

在卡特穿过广场的时候，他的胃里正在翻江倒海。他注意到昨天被丢在长椅上的纸团现在已经不见了。经过雕塑的时候，他轻轻地拍了拍它，好像在告诉它不要怕。接着，他回头看了一眼邮局，现在，那里看起来空空如也。

一片黄色的树叶在门口孤独地飘落，温柔地落在阳台上。一个女人从一辆蓝色的自行车上跳了下来，一边小心翼翼地避开那些树叶，一边调整肩上的方形塑料袋。卡特发现，伍德斯托克的人们用的都是这种大袋子。

袋子！忽然，卡特明白了那个"生气爸爸"的意思。袋子外面……偷猎者经常拿着袋子。

"不要让猫逃出袋子。"这是一句英国的俗话，意思是说不要泄露秘密。想到这里，他又想到了小动物在袋子里瑟瑟发抖的样子。

那个秘密一定和雕像有关，卡特可以肯定。但是为什么大家都这么讨厌这个雕像呢？他们又不需要为雕像花钱。他可以理解他们不接受这个雕像，但为什么讨厌呢？

卡特明白了外来者在这里是多么不受欢迎。伍德斯托克的居民经常在和他们自己的恐惧作着斗争。他猜，在过去的几百年里，这里的人、街道、房子，一定没有改变太多。现在早就过了野兽来回跑的时代，但是人们的思维仍旧停留在那个时候。他又想到了那个"人的陷阱"。他想知道，很多个世纪以前，是不是真的有人被那些可怕的刑具砍断过手脚。人被砍断手脚之后是怎么生活的呢？

卡特走过两个有墓地的教堂，接着，眼前又是一个教堂。他打开铁门走了进去。这真是一个完美的地方。在这里，他可以暂时不想他的迷宫，不想商店和街道。他在这里写完了他想寄回家的卡片。他真的不想回邮局了。

这个教堂墓地形状有点奇怪，它又长又弯曲。房子被建在墓地的边缘。透过一扇窗户，卡特看到窗台上有一个装着牙刷的牙杯，接着是一排整齐的瓶子和管子。在早上刷牙的时候，看到外面的庭院里都是人会是什么感觉？他检查了一下窗户：真棒，视野里没有人。

墓碑几乎填满了整个墓地，它们不是规矩地一行一行排列的。每隔几十厘米，会有一个标志，这些标志代表着什么？这里到处都是青苔，那些墓碑朝各个方向歪斜，有的墓碑深深地沉入地面。卡特从来没有见过这么杂乱的墓地，这让他想起生日蛋糕上被弄翻的生日蜡烛。

好吧，至少这里很安静。这真是一天当中最让人高兴的时候。卡特走向一个低矮的墓碑，上面的字已经不清楚了，几乎快要消失了。他把手伸进毛衣的袖子里，走过一片莓果地，拿出口袋里的拼板、一团图画纸和三根铅笔，这是从家附近的杂货店买的最便宜的铅笔，但卡特觉得它们是最好的。

他坐在一块石板上，一条腿压在另一条腿上面。他一边挪动着他的拼板，一边喃喃自语。每做出一个成功的迷宫，他就会开心得叫出来，并立刻把它们画下来。他做出的第一个拼板迷宫是这样的：

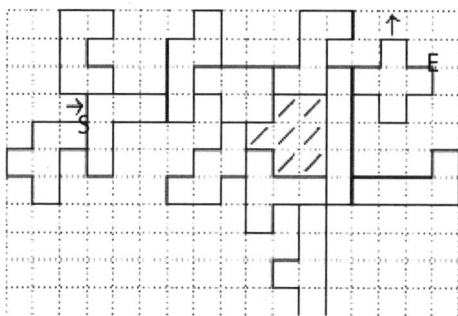

在画出来的迷宫下面，他写道：

假设，迷宫被 1 个密闭的长方形树篱围着。这些拼板就是你所看到的路。它有 7 条死路，1 条活路。每一条死路里有两个转弯。

另一个拼好的迷宫是这样：

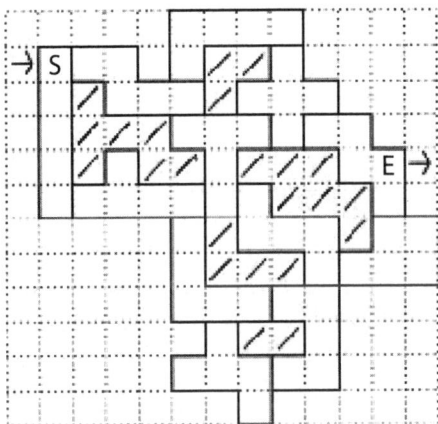

画好以后，他又在下面写道：

用 12 块拼板可以做出多少种变化，多少条死胡同呢？

他已经在这里坐了一个小时了，在画下第二个迷宫之后，他伸了个懒腰，环视四周。一只硕大的黑乌鸦正在墓地的墙头跳跃着。它停下来的时候，会啄两口墙上的苔藓。

现在，它朝卡特展开它的翅膀，直直地冲向他。卡特躲过去了，乌鸦沉重的身体从他头上飞过。他庆幸他并不迷信——嗯，不是特别迷信，每个人都有一点儿迷信，如果他们承认的话。

乌鸦真的和死亡有关吗？

第十三章

人行道上一个人也没有，旁边的房子里也看不到人影。卡特想，这个镇子里的死人可能比活人还多。他走出墓地，走过人行道上"方形"的石板，轻巧地跳过那些不规则四边形。

昨天晚上，他和他爸爸看到了一个叫"里昂咖啡馆"的地方。窗玻璃上贴着一份菜单，菜单上没有汉堡、没有热狗，但是有卡特喜欢的金枪鱼三明治。爸爸建议他今天去那里吃午饭。

卡特鼓起勇气打开门走了进去。房间里很黑，地板也不是很平。直到现在卡特还能想起那里小小、圆圆的桌子和坐在它们旁边的人，他们谈话的声音，还有前面的柜台。

"你要点什么？"柜台后面的女孩一边关抽屉一边问。卡特抬起头，惊讶地看着这个女孩，她就像一只鸟——原来是那个给雕塑拍照的女孩。她仍然穿着黑色的衣服，因为太瘦，手腕和手肘显得很突出，下巴也很尖。她可能比卡特大一两岁，但是却和卡特差不多高。她冷漠地看了卡特一眼，好像对他不怎么感兴趣。

卡特觉得放松了一点，他点了金枪鱼三明治配薯条，他现在知道，chips就是美国人说的薯条了。他还要了一大杯巧克力牛奶加糖浆。

"叫什么名字？"女孩问。

"卡特。"他说。

那个女孩儿眨了几次眼，接着又朝他后面快速看了一眼。整个餐厅好像都安静了。女孩转过身，消失在了通往厨房的门后面。

卡特选了一张桌子坐下。是他的错觉吗？还是饭店里的人真的都在盯着他？

他在座位上悄悄地坐下，拿出刚才在墓地画的东西，盯着最上面的那一张看。忽然，他听到了吵架的声音，扭头一看，哦，是那个"挖耳男"！还有那个叫声像母鸡的人，还有那个阻止纳什发火的人。看来他们也刚从邮局出来，他们靠在一起，窃窃私语着什么，接着，他们同时看向他的方向。

卡特赶紧转向另一边，结果，他看到了一个宽大的肩膀和一条多毛的手臂。在这个镇上还有第二个这么高大的人吗？可能有，但一定不会有第二个长了这么多毛的人。幸运的是，"生气爸爸"正在看一封信，看起来并没有注意到卡特，起码现在没有。

卡特赶紧看向另一边：一个男人穿着一条牛仔裤和一件黑色的皮夹克。你能越过《牛津时报》看到他露出来的墨镜。卡特有一种奇怪的感觉，好像那个人只是在假装读报。

或许，我应该赶快走？卡特想。但是，这是一个小镇。如果有人跑出来追他让他付钱呢？不，最好是继续待在这里，假装什么也没发生。卡特继续研究着他在墓地画的迷宫图，把它们在面前摊开，然后他拿出铅笔，开始修改他的迷宫。

几分钟之后，他被什么东西拍了拍肩膀——显然不是手。一个木头勺子在他的耳边晃动着。"嗨!"他说。

"你点的金枪鱼三明治。""鸟女孩"说，她的声音很细。

卡特还没来得及说话，女孩儿就绕回到柜台，把勺子插在她围裙的口袋里。"为什么不叫我的名字?"卡特小声说道。

她小声说了一句什么，她的声音很难听清，她说的是……"三明治"? 他又有了一种明显的感觉，感觉他周围的人都在等着什么——等，和看。

他走向柜台交钱，然后拿起他的午餐。"鸟女孩"好像一直在漫不经心地看着周围，但她没有看他。她把要找给他的零钱拍在了一张纸巾上，然后粗鲁地推给了他。在那堆硬币下，用红笔写着几个字: "卡特是真名?"

这几个字很大，而且有一种迷宫的感觉。

"呃……我吗?"卡特在拿起零钱的时候大声说。他并没有得到回复，因为女孩粗暴地把纸巾丢进了柜台下的垃圾桶，转过身，飞一样地走进了厨房。

然后，卡特觉得地板在颤动，就像有什么很重的人从房间的另一头走过来。他的心怦怦直跳，观察着"生气爸爸"的举动，他会因为自己和他的女儿说了话而揍他吗?值得庆幸的是，"生气爸爸"并没有走到他旁边，过了一会儿，他听到房间的另一边有一扇门关上了——那个人已经走进洗手间里了。

把握机会! 卡特假装看了一下表，接着发出一声叹息，就像他忘了什么重要的事情马上就要迟到了似的。接着，他很快地把三明治包好，塞进口袋。

他冲向门口，回到人行道，紧张地回头看了几次。还好，没有人追出来。刚才的一切都是他的错觉吗？还是……他们觉得他在跟踪他们，监视他们？而那个"鸟女孩"又想要什么呢？她以为他的名字是编的吗？或者，她以为他是借用了亚历山大·卡特的名字？

他试着推了推墓园的门，想坐在刚才坐的那些墓碑上吃三明治。但是发现门被锁上了。他皱了皱眉，走回了镇子的中心广场。

一阵清风吹过，大片的云朵飘过天空，红色和黄色的树叶在头上打着旋。有时候，风会带来冰淇淋的包装纸；有时候，风会带来小片的报纸。两只乌鸦并排飞过，像某种示警一样飞过镇子。

他走过一家之前没注意到的杂货店，剩下的午餐钱正在他口袋里晃荡。哦，是时候吃甜点了！他走向糖果柜台，挑选了几条巧克力棒，小心翼翼地为它们称重。他知道，吉百利是英国一个很有名的巧克力公司，因为他的奶奶很喜欢他们的巧克力，她经常让卡特的父母帮她在芝加哥买那种巧克力。这里的吉百利巧克力有很多种类：旋转丝滑的、双层的、威化棒的、蜂窝脆心的、提子果仁的、牛奶丝滑的，还有梦幻白巧克力。卡特给汤米买了一条旋转丝滑巧克力，因为他觉得汤米会喜欢"被旋转的巧克力击中的感觉"；给佩拉买了一条梦幻白巧克力，她会喜欢它的名字；给妈妈买了一条蜂窝脆心巧克力，他的妈妈喜欢一切脆的东西。

走过中心广场的转角，卡特高兴地发现了一种令他熟悉的爆炸性的红色。看起来，雕像是他今天唯一的朋友了。他在一张长椅上坐下。至少，在这样的公共区域，应该没有什么黑暗的秘密，没有人会把他装进袋子或者把他吊起来。

"喵!"

"帕米!"卡特高兴地叫起来，很开心自己找到了伙伴。当他终于打开三明治，把它举起来的时候，他看到了一道黑色的旋风，接着是红色的嘴巴、尖利的牙齿、一只黄色的眼睛……帕米抢走了一大口三明治，把它拖到旁边的长椅下面，很大声地吃了起来。

接着，卡特想到了那个"鸟女孩"，她昨天下午就坐在这里，他还想到了她的爸爸从她手里夺去的那张纸。没有人会那样对待他的作品。

他的作品!

忽然，卡特想起，他把他的"迷宫"落在"里昂咖啡馆"了。

第十四章

"这是你的吗?"一个带美国口音的人问道。那是一个戴着太阳眼镜、穿着皮夹克的男人。

卡特的嘴里满是三明治，不过他还是对面前的纸点了点头。"非常感谢。"他想这么说。

"这看起来不是你想丢掉的东西……这是个游戏吗?"男人问道。

"它们是拼板迷宫。"卡特干巴巴地说，希望男人不再追问下去。他觉得，在这里，最好不要和另一个美国人说话，至少现在不要。他把头扭向一边，并不想继续刚才的对话。

穿着黑夹克的人坐在了有帕米的那张长椅上。他打开了报纸。几分钟之后，卡特吃完了三明治，帕米用两只前爪蹭着自己的胡子，那个男人只是继续看报纸。每过一会儿，男人就会看向周围，好像在等什么人，接着，他又看他的报纸了。

男人和帕米看起来都没注意卡特，这让他有些放松。他现在可以专注地看看那个雕像了。

这个雕像和芝加哥的"火烈鸟"用的是同一种材料，而且，它们几乎是同一种颜色。但是，这座雕像更小一些，它只比卡特的爸爸高大概三英尺，就和家里的床一样长。而宽度呢？和一头牛差不多，大点的母牛或者公牛——它看起来是个男孩子。它好像正弯着腰，弯成一个三角形，五个形体以奇妙的方式组合在一起，显得强健又吓人。

接着，卡特看到地上竖着一个小小的牌子，他之前并没有注意到。"弥诺陶洛斯，亚历山大·卡特，1959。"弥诺陶洛斯？好像是人和公牛的结合体，一种吃人的怪物。卡特不太了解神话，但是他知道，弥诺陶洛斯生活在一个"不可能走出的迷宫"里。曾经有人在这个迷宫里找到了路，他走出迷宫，然后杀掉了它。

"弥诺陶洛斯！"他兴奋地喊道。这个雕塑太适合伍德斯托克了。不可能走出的迷宫和满是庞大、凶猛的动物的村庄，很搭呀，为什么这里的人会不喜欢它呢？

"我听过这里的人如何描述这座雕像。"黑夹克突然说。他依然把脸挡在报纸后面，卡特只能看到他的头顶和一只耳朵。

"为什么？"卡特问，好奇心战胜了一切。

报纸仍旧打开着，报纸后面的人耸了耸肩，"我是研究艺术的，"男人说，"还有艺术和人类的关系。"

"哦!"卡特在男子旁边的长椅上坐了下来，他拿出一个拼板，兴奋地给男人讲起了在芝加哥举行的卡特雕塑展，还有他喜欢的"猛兽"们，"火烈鸟""飞行的龙""宇宙"。男人把报纸放了下来，他笑了。他看起来很和善，不过他对卡特讲的内容一点也不惊讶。他一边听，一边点头，但是仍然在时不时地环视周围。忽然，他脱去了他的夹克。

卡特的嘴巴张大了。"这不是那次展览的纪念 T 恤吗!"他问，"我第一次看到这些形状的时候，觉得它们像很多密码。"即使是现在，那个印着一排红色的卡特雕塑的黑 T 恤仍然看起来很震撼。

"奇怪的是，人类的历史和你自己的成见，都会改变你所看到的东西。"男人说，"或者说，你想看到的东西。"

"太对了! 我爸和我——我们第一次在这，在伍德斯托克看到这个红色的东西的时候非常惊讶。我是说，虽然我们都喜欢卡特雕塑，但是在这里看到它，我们只会觉得惊讶。不过现在我可以接受它出现在这里了，我喜欢它给人的震撼。"

"但是你是美国人，美国人可不在乎传统、习俗，不像这些历史悠久的国家的人。另外，你已经看过很多亚历山大·卡特的雕塑了。英国可没有那么多亚历山大·卡特的雕塑，这大概是科茨沃尔德唯一的一个了。我曾经听过镇子里的人的很多评价，"男人说，"他们完全不想理它。"

"我知道，但是……这不是一个礼物吗?"卡特问，"很棒的礼物。如果有人把它送给我住的小区，所有人都会高兴得跳起来的。"

男人笑了，耸了耸肩。他看了看天空，又看了看正在打鼾的帕米。"那是芝加哥。如果你们得到的是一份你们不能理解，也不想要的礼物呢？这对这里的居民来说真的是一种困扰。在这种有上千年历史的地方，他们或许不想要这么现代的礼物，也不想要它所带来的关注。"

"但是这里全年都会有旅游者来看看布莱尼姆宫的，"卡特说，"这有什么区别呢？"

"布莱尼姆宫属于这里。"男人说。

卡特搅动着他口袋里的拼板。"所以……为什么那个收集者不把卡特的雕塑搬走呢？"他慢慢地说。

这时，男人把报纸折了起来。他把它折成很小的一个长方形。"我不知道会发生什么，我只是想来这里探索。"他低下头去抓帕米的耳朵。帕米没有动。

"谁——"卡特本来想问是谁派他来了解这里的情况的，但觉得这么问不太好，就停住了。

"要用多久，这里的人才能接受它？"卡特问。

男人又环视了一下周围。"可能会很久，"他说，"好啦，我们来说说别的吧。你画的东西——可以给我解释解释吗？我挺感兴趣的。"

夹克男摘掉了他的墨镜，卡特发现，他蓝色的眼睛很和善，但是它的眼神有一点飘忽，就像季诺斯利太太。他半朝向长椅，看着一辆空马车。过了一会儿，他坐直了一点儿，笑着看向卡特。

"它们是一种挑战。"卡特解释道。他展开那些图画纸，掏出黄色的拼板，然后，男人和男孩就一起在卡特的"迷宫"旁边蹲了下来，热切地交谈着。他们激动地挥着手，说着话。别人一定不会想到，他们才刚刚认识。

一个小时之后，沃特·皮莱从公交车里望向窗外。他看到他的儿子正和一个男人在红色的卡特雕像前交谈，大黑猫就躺在他们旁边。他能看见他的儿子在笑，但他只能看见那个男人的背影。卡特的爸爸开心地想：嗯，卡特已经和当地人打成一片了。他拿起公文包的时候高兴地叹息了一下。

走向车门的时候，他看到了一道光，一道从二层窗户上发出的光。那是什么呢？

在那道光后，他看到了一个照相机，在照相机后，是昨天那个照相的女孩。这一次，他发现，她正在偷拍他的儿子和那个和他儿子谈话的男人，当然，她也在拍摄红色的雕像。真奇怪！可能她被禁止靠近那个雕像。

好吧，卡特可以被保存在某个伍德斯托克女孩的相簿里了。沃特·皮莱笑了。他的儿子真的在这里和大家玩得很好，他长大了。

想到这里，沃特·皮莱又感到了一点点伤感。

第十五章

第二天吃早饭的时候，帕米没有出现。卡特一直在椅子上不安地扭动着，这让季诺斯利太太皱起了眉头。

"他要去布莱尼姆迷宫了。"卡特的爸爸说，怕季诺斯利太太以为卡特要去上厕所，"他有点激动。"

"有点？"卡特说，"岂止是有点。"

季诺斯利太太笑了。"好吧，还好'弥诺陶洛斯'是在这里的广场，不是在迷宫的中央。"她语速超快地说，"不用太担心。"

沃特·皮莱看了一眼他的儿子，想和他交换一下眼神，但是卡特看向了别处。厨房里，属于帕米的小门响了。

"哦！亲爱的帕米！"季诺斯利太太尖声说，"到妈妈这里来！"

帕米滚进了房间，但是它没有看季诺斯利太太，反而看着卡特。"喵呜"地叫了一声之后，它就跑到楼上去了。季诺斯利太太看起来有些措手不及。

"又有人给它喂食物了！"她说。她的声音非常愤怒。"我讨厌他们！他们永远不会知道这个可怜的小宝贝需要减肥了，哦！"她一边说着，一边收好了盘子。卡特很响地咽了一口口水，接着重新系了一遍他的鞋带。

卡特和爸爸关上前门走出旅馆，做了一个深呼吸。街道很安静，空气湿润又新鲜。一扇窗户在附近轻轻地关上了。"真是一个干净又舒服的小世界。"当他们走上阿雷小屋小路时，沃特·皮莱开心地说，"暴食的猫，令人惊讶的现代艺术！我真希望芝加哥的生活也能这么简单。"

"我也是！"卡特笑着说。

卡特远远地就看见了夹克男——他快步走在一条通往小镇边缘的小路上。不知道为什么，卡特没有告诉他爸爸昨天在广场上发生的对话，也没说在里昂咖啡馆以及邮局发生的事情。或许，这是因为那是属于他自己的冒险。他觉得，当你长大了一点之后——他十二月就要十三岁了——你就不用再把所有事情都跟别人讲了。

如果卡特和他的爸爸早出门几分钟，卡特就会看到说不准会改变他观点的事情："生气爸爸"走出一扇门，和和蔼的夹克男握了手。但是，卡特大概不会知道了。

而沃特·皮莱出于某种原因，没有向卡特提起那个给"弥诺陶洛斯"雕塑拍照的女孩，或许他不想让儿子觉得自己在监视他吧。

五分钟以后，沃特·皮莱向巴士的车窗挥着手，卡特也向窗外的爸爸挥着手。

出发去迷宫，卡特的爸爸笑着想。待在一个宁静的世界里多好啊。

到达目的地后，巴士开走了，而卡特走向和巴士相反的方向。他不知道，自己此刻正被三双眼睛注视着。第一双在窗户的蕾丝窗帘后面，第二双在大门后面，第三双在停着的卡车的车轮后面。

而第四个人正监视着以上三个人，他轻轻地说："不要紧！他们不会发现的。"

第十六章

那天下午 5：35，当沃特·皮莱走下巴士的时候，卡特没在那里等着。但沃特并不担心，因为他知道他的儿子在布莱尼姆有很多想探索的地方。他慢慢地走回季诺斯利太太的旅馆，享受着路上的微风。他对现代社会中依然存在这样古朴的老社区感到惊叹。他很高兴卡特能迅速习惯在这里的生活，这种缓慢的生活节奏在高速发展的美国几乎是不可能存在的。

他按响了门铃，因为钥匙在卡特手里。季诺斯利太太为他打开了门。

"你儿子给你留了字条。"她迅速地说。

"哦!"沃特·皮莱惊讶地说,"它在哪?"

"在楼上。他跑上楼,好像很着急。"她说,好像对卡特很不满意。

在上楼去他们的房间的路上,沃特·皮莱有些担心。门关着,但没有锁。他坐在床上,拿起卡特留在枕头上的字条。

亲爱的爸爸,

布莱尼姆宫有人让我做一些特别的工作,我过不久就会回来的,不用着急。

卡特

沃特把纸条反复看了三遍,这是卡特的笔迹没错,但是是谁让卡特在布莱尼姆宫做事的呢?一个刚刚认识的小孩,还在已经这么晚的时候?他急急地跑下台阶,敲响了厨房的门。

"进来!"

季诺斯利太太和帕米一起坐在桌子旁边的长凳上。季诺斯利太太正在吃炸面包、豆子和排骨。帕米看起来已经把它的那一份吃完了。

"它在等加餐。"季诺斯利太太和蔼地说,还朝着帕米点了点头。

沃特·皮莱向季诺斯利太太拿出了卡特的纸条。"您知道我的孩子今天和谁在一起吗?"他问。季诺斯利太太拿过纸条。看着看着,她皱起了眉,她还在为卡特的错别字犯难。皮莱把纸条夺了回来，现在是关键的时刻，他不想在这个时候听她批评美国人。

季诺斯利太太松开围裙的带子，眨了眨眼睛。"不，我不知道。"她慢慢地说。

"会不会，我儿子被人找到布莱尼姆宫去做事了？被在那里居住或者工作的人叫去了？"

"嗯，可能吧。"季诺斯利太太看着她面前的排骨，推了推她的眼镜，"这是季末，你明白的。这段时间那里也没有什么特别重要和正式的事情，所以他们可能会让孩子帮一些忙，尤其是和教育相关的那些小事情。当然，很多人在那里工作或者生活……或许会是那里的一个家庭？我也不能肯定。"

"好吧，谢谢。如果卡特在我之前回来，让他留在这里别乱走了。"沃特·皮莱说着，就转身出门去了。

"咣"的一声，前门被撞上了。季诺斯利太太放了三块猪肉在帕米的盘子里。

"真是我的乖帕米，完美地完成了任务。"她轻巧地说。

"这里开放到傍晚6:30。"布莱尼姆公园大门的卫士对眼前这位神情焦急的男士说，"唔，现在是六点，你可以免费进去。"

"如果有人在六点三十以后想出来，他能顺利出来吗？"男人问道。

"哦，守园人会赶他们出来的。"守卫说。

男人上气不接下气地到达了这里。这个地方非常荒凉，只有偶尔走过的遛狗的人。他绕着已经关闭的宫殿走了一圈，按响了几个门铃。没有人给他开门，虽然他能看到里面的灯光。

他跑回大门口，恰好赶上警卫关门。"这里有没有什么地方——"男人喘着气说，"——是可以住人的?"

"除了家里吗?"警卫开心地说，"很多地方都可以住呀，比如小别墅、旅馆。有一些是给游客住的，有一些是给无家可归的人住的。"他指向那些树林、花园和湖，"到处都是。"

沃特·皮莱说，他在找他的儿子，他的儿子只给他留了一张纸条。男人看了他一眼，然后笑了："你是美国人，是吧?"

沃特·皮莱点了点头。

"不用担心，一点儿也别担心。"警卫说。他拍了拍沃特的背，"这里很少发生犯罪事件，不像你们美国。你的儿子说不定正和某个园丁在一起，他们会在一个小时内回来的。去找个小酒吧喝一杯吧! 他很快就会回来了!"

沃特·皮莱慢慢地走回街道上。他可能产生了幻觉：他好像听到了卡特口袋里的拼板碰撞的响声。他提醒他自己，他的儿子经常独自探索海德公园还有芝加哥的郊区，已经好几年了。芝加哥是美国第三大城市，伍德斯托克呢，就像是个小花园，卡特随时会回来的。

他走过一条又一条空空的街道。大概镇里的大部分人都在做晚饭或者吃晚饭。在这个时候，这里的楼房看起来很不友好，就像一个个小小的城堡。墓地也看起来有点吓人。一阵冷风吹过，吹过卡特雕塑，吹过教堂的尖顶和树木，吹过古老的墙和旁边的铁门。日落之后，色彩就这样从街道间褪下去。一切都显得非常坚硬：石头、金属、石头、石头、石头。看来古老的东西并不总是让人感到放松，

他告诉自己。

卡特，一个十二岁的小孩，会被邀请到布莱尼姆宫干什么呢？他是被谁邀请去的呢？有什么东西不太对劲？

沃特·皮莱摇了摇头，试着驱除心里的担忧。

第十七章

第二天黎明，他忽然醒来。他坐在椅子上，他的衣服还穿在身上，一包饼干已经在他的肘下被慢慢压碎了。他用电热水壶泡的茶还在房间的桌子上。他不知什么时候睡着了。卡特！他在椅子上转过身，想在床上看到卡特乱七八糟的黑头发。

但是，卡特的床仍然是空的。

沃特·皮莱很快地站起来。有一瞬间，他眼前一片黑，黑里面夹杂着一些黄色。他的心剧烈地跳着。当他眼前的黑色散去之后，他听到街上传来嘈杂的喊声："它不见了！雕像不见了！"

几乎是同时，警车从楼下的小道呼啸而过。小镇的中心广场已经被木头栅栏围住了，警察正在紧张地记录着犯罪现场的每一个细节。小镇居民也已经倾巢出动，带着他们的照相机，站在长椅上或者花圃的边缘拍着照片。他们把相机高高举过头顶。沃特·皮莱发现了那个前天在这里的女孩，她也在拍照片。这次她看起来不那么鬼鬼祟祟了，或许是因为她的爸爸在上班，或许是因为她站在大量鬼鬼祟祟的人中间。

在雕像曾经站立的地方，有一些黄色的痕迹，一群警察站在它旁边说着话。沃特·皮莱跑了过去，他的头发很乱，衬衫也七扭八歪。他跟最近的一个警察说话，讲了他的儿子卡特和卡特留下的纸条。

那个男人把眉头皱了起来，他把卡特的爸爸带进栅栏，让他看地上的那一团黄色的东西。沃特·皮莱的心缩紧了。那两个字是用黄色的漆喷印在地上的，每个字母大约十厘米长。

"希望"

"不知道这是什么意思。"侦探说，"这有点像班克斯的作品。不过没人知道他长什么样，他的身份绝对保密。不过，我必须说，我从来没听说过他偷东西。他是一个爱恶作剧的家伙，而且总是提出一些关于艺术的问题。"

侦探不禁为自己的想法感到激动。他努力向四周张望，似乎在看班克斯在不在场。"他说不定正在拍摄他引起的混乱呢。"侦探说，"他一直在做这种事，可能在任何地方，可能是雇当地人做。"

沃特·皮莱听说过英国艺术家班克斯，但是对他知道得很少。"恶作剧"和"提出艺术的问题"让沃特有点紧张。两个卡特在同一天离开了小镇——这其中有什么联系吗？他的儿子是因为谁的恶作剧而被操控了吗？或者，卡特会不会在不自知的情况下犯罪了？

他的心越来越沉重。他走回旅馆，给卡特的妈妈打了一个电话。她哭了，然后他们在电话里安慰彼此。卡特的妈妈决定立刻买一张飞往伦敦的机票，如果卡特在两个小时以内出现了，她就退票，否则，她那天晚上就会到达英国。她还迅速给她的丈夫发了一张卡特的照片，以便他把

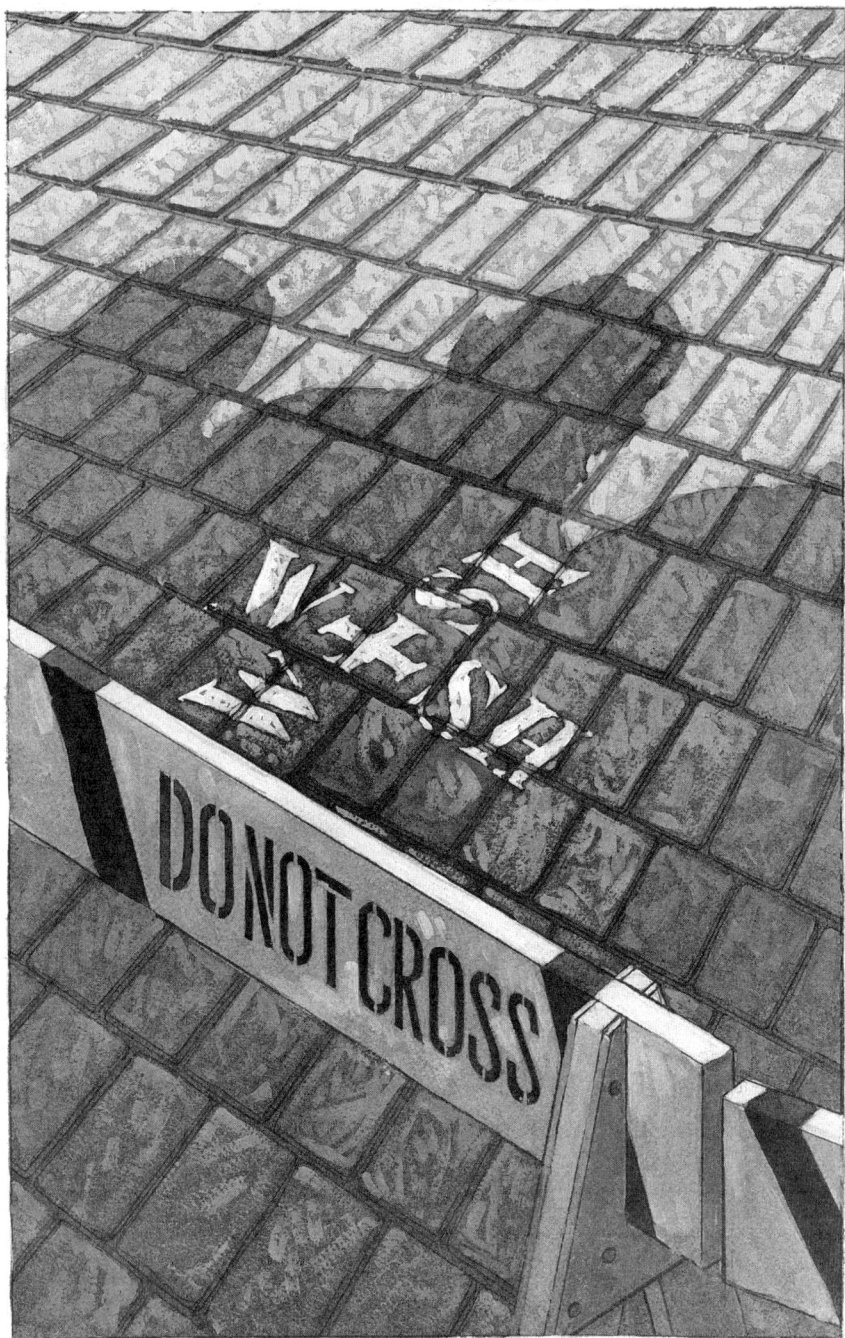

它拿给警察看。

一个小时之后，季诺斯利太太慌张地冲出了旅馆。那时，沃特·皮莱正和两个侦探一起穿过布莱尼姆宫，寻找着卡特的踪迹，他们向前一天在这里值班的每一个守园人打听消息。

当卡特的爸爸发现季诺斯利太太快步冲向他的时候，他也跑向了她。不，不是什么好消息：他的妻子给他打来了紧急电话。沃特·皮莱跑回旅馆，用餐厅里的电话给他的妻子回了电话。在挂掉电话之后，他坐进一张椅子，把头埋进手里。

伊维特·皮莱被自己的行李箱绊倒了。她摔倒在了房子的门口，背部摔在了水泥地上。她现在几乎不能动，她只能去医院了。

眼泪涌上了沃特·皮莱的眼睛。他上一次流泪，还是几年前他妈妈去世的时候。卡特失踪了，伊维特又受伤了，这次英国之旅真是一场噩梦。他挂掉电话后，在餐厅坐了一会儿，试着平静下来。

卡特……卡特……虽然他觉得对自己的儿子了如指掌，但他不得不承认，他一点儿也不知道卡特这几天都在做什么。佩拉·安达力和汤米·斯戈维亚是卡特最好的朋友，他们应该知道发生了什么。他们三个人一起在海德公园进行过很多惊人而危险的冒险。在他们的冒险结束之前，他们的家长猜不到，也不会理解他们的冒险所存在的危险。佩拉和汤米一定明白卡特的想法。

沃特·皮莱捡起篮子里的一个毛线球，拿在手里滚来滚去。接着，他把毛线球丢下，重新拿起电话。

房间的地板四周低，中间高。红色的球悄悄滚出了大厅，停在了帕米的脚下。

"喵。"帕米睁开黄色的眼睛，拍了拍球。一个松掉的线头缠在了它的项圈上，它生气地拽了拽它。几分钟之后，帕米离开了，但毛线留下了帕米的踪迹。毛线团留在原地，但是毛线从猫专用的小门穿了出去。

那天上午，警察没发现任何有关卡特的雕像的线索。他们认为，那个被焊接起来的金属雕像可能被五到六个强壮的男人抬到一辆小车上运走了，就是那种他们在小镇的广场上经常用的小车。当地居民经常把这样的小车停在布莱尼姆宫外的一片空地上。但是，谁也不能确定那些车究竟有多少，可能其中一个被罪犯偷走了。镇子里经常有成堆的泥土和靴子的脚印，所以，它们并不能提供什么有价值的证据。在雕像曾经矗立的区域，没有迹象显示它曾经被刮伤或者拖动，也没有人在晚上听到什么奇怪的响声。当地人对于雕像被偷走毫不在乎，警察只找他们问了不多的几个问题。

那天早晨，警局流传着各种各样的笑话。

"看来……弥诺陶洛斯出去觅食了？"

"如果是这样的话你可要当心啊……"

"是呀，它一定饿疯了！"

"可能它的腿掉了，然后身子跑了？"

"但是那个男孩儿呢？他爸都快急疯了。"

"啊，那个小孩儿一定会在中午之前回来的，他可能只是在外边过了一夜。难道'弥诺陶洛斯'能把他吃了吗？或者……我了解那个年龄的孩子，贪玩！我也曾经是个小孩，那个时候，我……"

那个早晨，伍德斯托克显得吵闹了一些。但是，只有在警察不在的时候。对于这种情况，警察们已经习以为常。英国的乡村生活往往不会和法律有太多的交集。

两种传单被贴满了整个小镇。其中的一张上印着卡特的照片，下面写着：卡特·皮莱，美国人，十二岁，最后出现地点是布莱尼姆公园。另一张上印着"弥诺陶洛斯"，下面的句子是：失窃物：亚历山大·卡特的雕塑，最后出现在伍德斯托克中心广场。

整个上午，警察都在对布莱尼姆地区进行搜查。马波罗一家还有杜克十一世和他的妻子都不在家，无法调查；旅馆或村舍都没有旅客居住。不过，有十五个工人住在车库上面或者谷仓后面的公寓里，这些地方比对外开放的地方大多了。

所有雇员都接受了警察的讯问。一个园丁说，他曾经看见卡特独自站在桥上，望着桥的另一边；另外一个园丁说，他看见卡特跑进被古老的墙围起来的菜园里，可能朝迷宫那边跑去了；还有一个人说，他曾经看到卡特走向宫殿后面的喷泉。没有人看到他走进什么建筑里，没有人看到他和人说话。

最终，两个警察决定走遍迷宫里的每条小路。有人告诉他们，那个男孩的口袋里装着一组黄色的塑料片。卡特的爸爸给警察画出了那十二块拼板，工作人员给警察们提供了迷宫的地图。他们决定把迷宫划分成两个区域，分头寻找。不过，他们还是一直在迷路。他们在迷宫里一次又一次地相遇，怎么也无法把地图和周围这些令人眩晕的绿色对上号。

就在他们迷失方向，不知道自己在哪儿的时候，谁都没有注意到旁边的树丛下面有一个小小的、黄色的"L"。那是一块平平的塑料板，看起来就像只靴子。在它旁边，有一个红色的糖果罐和一只蓝色的球。树丛下面有太多这种垃圾了，孩子们的口袋里经常会掉出东西来。当迷宫在每个季度结束关闭的时候，花园的每个角落才会被清理。在那之前，玩具和小片的图画纸就隐藏在那些叶子和泥土之间。

虽然这并不是个有用的线索，不过那个艺术家的姓和这个孩子的名相同的事实，还是时常困扰着警察。他们希望那个孩子快点出现，快点对他的探险，或者玩笑，或者什么愚蠢的事情感到厌倦，然后，他们就能把全部心思放在正事上——谁偷走了雕像？

沃特·皮莱把卡特留给他的纸条交给了警察，但是在镇子里，注意到这个男孩的人都不记得他曾经和谁交上了朋友。看起来，只有沃特·皮莱和那个藏在窗户后面的神秘的女孩看到卡特和一个人在雕像边握手。这真奇怪，虽然这个镇子很小，不过那是镇子的中心广场，所以这怎么可能呢？

当卡特的爸爸向警察提到那个女孩并指向那扇窗户的时候，警察们皱着眉点了点头。不幸的是，这也不是什么有用的线索，因为那家窗户属于一家服饰店，任何人都有可能待在那里。

为了不搞混这两个名字，警察现在已经不说"卡特"了，他们用"男孩"和"艺术家"代替这两个人。

第十八章

佩拉和汤米都没有离开过美国，而莎普太太有二十年没有离开过美国了，因此，迅速为他们三个人取得护照、机票并收拾好行李不是什么简单的事。

佩拉和汤米登上飞机的时候都没有真正接受卡特消失这个事实，他们现在要去遥远的英国寻找卡特。莎普太太和他们隔着一条走道，她也没想象过这个情景。

两个孩子刚刚听到卡特的消息的时候，都慌了。佩拉想起了卡特拿着拼板思考的样子，汤米则想起了卡特常常不知道该和人说什么，也不知道什么时候该逃跑。但他们相信，卡特不是失踪，而是在完成他的计划，他可能在拯救什么东西。虽然汤米和佩拉还不是很了解彼此，不过他们都很了解卡特。他们会找到他的。

这趟旅行是莎普太太决定的。当沃特·皮莱给汤米和佩拉打电话，问他们对卡特的失踪有什么想法的时候，他们很快把消息告诉了他们的老师荷西小姐，而荷西小姐又立刻把这件事告诉了莎普太太。莎普太太是在去年三个孩子的冒险中认识他们的，他们曾经去她家喝过下午茶，她也曾经帮他们做一些调查。她喜欢他们的决定，也会加入他们的计划——有时候。

在荷西小姐给莎普太太打去电话一个小时之后，莎普太太给伊维特·皮莱去了电话。那时，伊维特刚刚在门口摔到了背，所以她无法和两个孩子一起去英国。接着，她又给沃特·皮莱、佩拉的父母和汤米的妈妈打了电话。莎普太太说，她可以负担三个人的所有开销。她和孩子们很熟，她不会对卡特的事情坐视不管，所以要陪两个孩子一起去。

每个人都认为，把卡特最好的朋友带去伍德斯托克，可以帮助警察找到卡特的去向。这是他们现在唯一能做的事情了。

沃特·皮莱很高兴他们能来。但是，他正在为另一件事情担忧。他接到了荷西小姐的电话，荷西小姐告诉了沃特那天她在教室里对卡特说的悄悄话。

"在英国玩儿卡特游戏吧！不要告诉任何人你在做什么！"

她说她感到很内疚。

"不过我只是说，卡特游戏，"荷西小姐说，"就只有这个。"

"是的，但是现在，我们这里有两个卡特，"沃特·皮莱平静地说，"这意味着，更多的游戏。"

"是的，"荷西小姐说，"哦，天哪。"

第十九章

汤米把胳膊肘架在扶手上，然后开始狼吞虎咽他的通心粉和奶酪。他被呛了一下，咳嗽出的面条喷在了佩拉的笔记本封面上。

"喂！小心点！"佩拉皱着眉拿起餐巾，小心地擦掉了面条。她的食物放在一边，她试着在汤米吃饭的时候写点东西，可是他吃东西的声音很大，让她无法集中精力。卡特去英国以后，他们很少说话，现在她想起这是为什么了。

汤米看了看佩拉，满不在乎地耸耸肩，然后开始吃他

的黄油布丁。当他吃完的时候，佩拉已经把这个问题读了
五遍：

有没有这样一个游戏：它好像让玩儿的人消失了，但其实他还在那儿？

她把笔放下来，闭上眼睛。捉迷藏，还有……树篱迷宫。但是，更复杂的游戏呢？她不知道。

可能，转换一下思路会提供什么帮助吧。她翻到笔记本的最后一页，那里有很多以卡特雕塑的形式写的诗。她画了几条线，然后慢慢地补充了一些单词，一次一个。

汤米瞄了她的笔记本一眼，他看到：

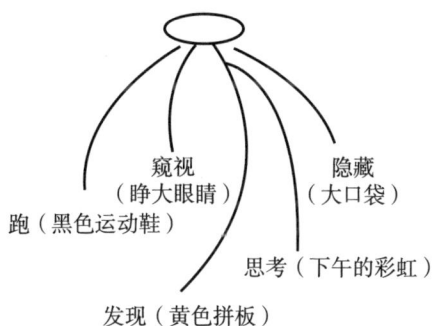

窥视
（睁大眼睛）　　　隐藏
　　　　　　　　（大口袋）

跑（黑色运动鞋）

思考（下午的彩虹）

发现（黄色拼板）

真不可思议，他想。这看起来像一个有很多触手的水母。他试着理解它，因为卡特喜欢佩拉写的东西，而现在他们在找卡特。

佩拉注意到的第二件事情，是汤米从座位前面的口袋里搜出一份杂志，撕下几页。当他靠回椅背的时候，胳膊肘撞到了佩拉。佩拉只好把自己挪向座位的一边——尽量离汤米远点。他看起来没注意到，因为他正一边翻着杂志，

一边把食指在鼻子前后磨来磨去。这多不卫生呀！哦，好吧，至少他没挖鼻孔。

"佩拉！"汤米忽然叫道，同时把手指插进了鼻孔。

"什么？"她问，希望她的声音表现出了对挖鼻孔的人的厌恶。

汤米把手拿出来，接着，他用那根手指指着杂志。"这篇文章，'英国的老房子'，这张照片是波莱黑姆宫殿！哇，很棒的地方，不是说他要去那里吗？"

佩拉侧过身看了看图片旁边的文字："那是布莱尼姆，谢谢，不是波莱黑姆。"

"哦，随便吧，我知道。"

佩拉真希望她刚刚没说那句话，她不喜欢自以为什么都懂的小孩。"那就随便。"

两个人认真看着那些照片。他们看到了湖、小河、草坪，看起来比他们在芝加哥所有邻居的花园都大的花园，还有两层的石头房子，它有数不清的窗户。这一定是他们看过的最大的房子了。

汤米说出了佩拉的想法："卡特竟然在这么好的地方？谁会邀请他去那里工作呢？这也太奇怪了！"

莎普太太把身体探过走道："那片土地上经常发生神奇的事情。"

我们怎么会和你一起旅行呢？汤米想。他知道莎普太太是个好人，但是她也很吓人。她一说话，你就会觉得你好像犯了什么错误，即使你并没有。

佩拉越过了汤米。"什么事情？"她问，"我看过《爱丽丝梦游仙境》，我知道路易斯·卡罗尔就住在牛津的附近，但是只有这些了。我本来想再找一本关于伍德斯托克的书……"

"哦，恰好我有一本。"莎普太太拿出一本薄薄的、深红色封面的皱巴巴的书。不过听她的语气，她好像不想把它给他们看。

"您能给我们介绍介绍吗？"佩拉说。汤米嘟起嘴，赞叹地看着她，嗯，她很勇敢。

莎普太太拿掉了她裙子上的一根棉线。她没生气，所以汤米松了一口气。她细细的手链几乎被埋在手腕上的皱褶里——她真是瘦骨嶙峋。

"唔，好吧。"她推了推她的老花镜，"几千年前，这里生活的是罗马人。他们留下了大量的村庄、别墅，人们还找到了一条当时修建的马路，并把它叫作阿克曼小路，那条路就在布莱尼姆公园里。是的——伍德斯托克的'追捕'就意味着那个公园，伍德斯托克这个名字呢，意思就是被树林包围的地方……"

"就像……被围起来的《金银岛》！"汤米叫道。他好像很自豪他能在这种时候插上话，因为平时他很少读书。

不过，莎普太太没有回答。佩拉用口型对汤米说"很对"，她知道，莎普太太一般不太关心别人说了什么。

"牛津地区大部分都是森林，大片的森林。除了伍德斯托克之外，这里还有威奇伍德、查尔伯里斯托伍德和沙特欧瓦。在5世纪的时候，撒克逊人赶走了罗马人，在之后的几百年，他们就在这个地区生活、打猎。接下来，就是诺曼征服，亨利二世在伍德斯托克地区建起了一坐大房子，他是最早的几个诺曼王之一。那大概是1125年，那栋房子坐落在格利姆河旁边一座小山的山顶，而那条小河就流入布莱尼姆公园。"

汤米走神了，他只听到了这样一些词：追捕、威奇伍德、沙特欧瓦、格利姆，最后这个词听起来很像史莱姆。嗯，那个地方一定很阴森可怕，并且，很适合他这样的专业寻宝家！他想象着那里的地下埋着几千年以来人们掉落的东西。他兴奋地在座位上扭动起来，想象着他在挖古代的宝贝。哦，或许卡特现在就正在做这个呢！

汤米把手放进口袋，拿出那个他还没有还给巴顿小姐的纽扣。他一直在等待一个特别的时刻，让它重新出现在学校，但是昨天，他决定把它带在身上。谁知道呢——它就像一个战利品，一个能时刻提醒他，它是一个多么好的寻宝家的护身符。或许，它能带来好运气。

莎普太太清了清喉咙继续说："然后，亨利二世就把他的狩猎帐篷搭在了河边，就是现在的布莱尼姆宫的位置。他的一位情人罗莎蒙德·克利福德住在附近的房子里。国王建造了一个复杂的迷宫用来保护她的房子。几百年后，这个迷宫被形容成有着'奇怪、蜿蜒的墙和转角'的迷宫。

"据说，埃莉诺皇后，也就是亨利的妻子，秘密前往伍德斯托克，跟着亨利进入迷宫。她悄悄把一根纱线系在亨利二世的马刺上，当亨利二世进入迷宫，她只要跟着那根纱线走就行了。就这样，进入了罗莎蒙德的宫殿。她出现在亨利和罗莎蒙德的面前，给罗莎蒙德一把匕首和一杯毒药，让她自己选择死亡的方式，罗莎蒙德选择了毒药。不过，也有人说，罗莎蒙德其实躲在附近的一个修道院，活到了很大年纪。现在，在罗莎蒙德住过的房子遗址，有一口井，叫作'罗莎蒙德井'，不过，曾经的树篱和迷宫都已经不在那了。"

佩拉用胳膊肘捅了捅汤米。"迷宫。"她扬起眉毛说。

"谋杀。"汤米用口型回应。接着他皱起了眉。迷宫中的谋杀，这可不是个好想法。

莎普太太看了看他们："英国国王制定了非常严苛的皇家猎场打猎法，违反法律的人将会接受残酷的处罚。对富人和穷人的处罚相差很大。在 12 世纪的伍德斯托克镇，就是我们几个小时之后会到的地方，有 137 户家庭，他们都为皇室工作。他们的姓的意思就是他们的职业：'铁器店''染坊''帽子匠'，你们知道吗，就是那种中世纪女人会戴的大帽子。"

佩拉笑了。莎普太太严肃地看了她一眼，好像在说"这有什么可笑的"。

"您想想看，卡特，数学天才；汤米，寻宝家；佩拉，小作家；您嘛，莎普太太——"她停顿了一下又接着说，"或许您有个用尖嘴钳工作的亲戚。"

"是啊，多合适啊！"莎普太太说，她也笑了。

她用小指摸了摸她的嘴角，好像在掸面包屑。她接着说："在这里，的确发生过很多争斗。人们被吊起来、被下毒……15 世纪时，伊丽莎白·都铎，现在的伊丽莎白女皇的祖先，在登上王位之前也曾经被关在伍德斯托克几个月。在那之后，这片土地被安妮女皇赠予了约翰·丘吉尔，第一任马尔博罗公爵，以感谢他赢得了对路易十四的重要战争。这是一份巨大的荣耀，获得被皇室使用了六百多年的土地，就像得到了英格兰心脏的一部分。"

"布莱尼姆宫殿在 1722 年建成。此后，住在这里的每一位公爵都会对其进行修缮。伍德斯托克花园的城墙是英国第一个花园城墙，在第一任公爵接过这块土地的时候，

087

城墙已经很古老了。他用了 30 年的时间才把它修好，它太长了……还有一个奇怪的故事：第四任公爵曾在这里增加了瀑布。在 18 世纪 60 年代，它被称作'大瀑布'，这样做的目的是为了让他的宾客感到震惊。当他和宾客们一起走过瀑布上方的河岸时，他们会在路中间遇到一个挡住视野的大石头。当宾客们失望地窃窃私语的时候，公爵就站到前面，按下一个隐藏的机关。接着，奇迹般地，石头滚到一边，宾客们发现他们正站在水边一个被围起来的平台上。在那里，他们可以欣赏瀑布而不被打湿。不过，好景不长，瀑布很快就坍塌了。"

"听起来挺厉害。"佩拉小声说。

汤米点点头。

莎普太太暂停了一下，优雅地闭着嘴打了一个哈欠。（她怎么做到的？）她不管佩拉和汤米是否感兴趣，就这么接着讲下去："每个公爵都在这块土地上扩建着花园。第九代公爵曾种了五十万棵树。著名的温斯顿·丘吉尔，第二次世界大战中英国的领袖，也是这个家族的一员。1874年，他出生在布莱尼姆。从 20 世纪中期开始，花园和宫殿的一些地区开始对公众开放，以支付其修缮和保护的费用。哦，它可是占地 11400 公顷呢。"

说到这里，莎普太太就低下头看着那本书，好像忘了旁边的佩拉和汤米。

"真是神奇，一个家族在同一块土地上生活了这么长时间。"在大家安静了一会儿之后，佩拉说。

"佩拉，"汤米的声音低低地，"你觉得卡特会没事吗？"

"我们在家说过这件事了——当然！我们会找到他的。

他说不定在进行重要的冒险，只是不知道有这么多人为他担心。"

"那个地方有那么多可怕的名字还有血腥的历史……"汤米一边含糊地说，一边清理着指甲里的灰尘。

"想想巴顿小姐吧。我敢肯定卡特正在进行一次奇妙的冒险，他需要释放，因为我们今年会度过难挨的学校生涯。巴顿小姐多难缠呀！嘿，这个名字不是很适合她吗？她的亲戚做纽扣的，所以她就叫巴顿！"（巴顿小姐的名字是Button，Button是纽扣的意思。——译者注）

他们咯咯笑了。汤米从口袋里拿出那个蓝色的大纽扣给佩拉看，佩拉看起来很高兴，她第一次对汤米竖起大拇指。但是当他们安静下来的时候，他们又感到有些担忧——比起刚上飞机的时候。芝加哥和英国隔着一个大西洋，他们将要去一个陌生的、曾经很危险的地方，去寻找消失的朋友。想到这里，他们的心渐渐沉了下去。

第二十章

莎普太太雇了一辆车，把大家从机场带到伍德斯托克。路很长也很滑。佩拉坐在后排座位的中央，尽量不碰到左边的莎普太太或者右边的汤米。

她几乎看不到窗外面，于是只好试着看向小小的前窗。即使在秋天，英国也是绿色的。不管从哪里看出去，都能看到起伏的小山和路边的石墙。芝加哥没有山，只有高速公路旁边有一些混凝土墙。佩拉喜欢在这里行驶时起伏的感觉，也喜欢古老建筑带来的温馨感。高速公路时宽时窄，不时从一些镇子穿过。

"哇，真像过山车！可惜我们不能加速……"汤米停下了，看了莎普太太一眼。

"是啊，我们没出车祸真可惜，"莎普太太调侃道。然后，她态度轻松地看向窗外，好像刚刚只是在评论风景。

汤米没精打采地垂下了肩，佩拉紧张地屏住呼吸。在他们看到写着"伍德斯托克"的牌子的时候，他们终于松了一口气。

该下车了，汤米走出车门，高兴地看着周围。"真棒！"他说。然后，他就把他的箱子从莎普太太的脚趾上拖了过去。他没看地面，只是感到箱子跳了起来。他还以为是被鹅卵石卡住了。他又使了一下劲，把箱子拖了过来。

在海德公园的时候，莎普太太常常穿着厚厚的、有蕾丝的鞋子，但是为了长途旅行，她换上了像手套一样薄的皮鞋，一双前面有着很大的银色蝴蝶结的皮鞋。她发出了痛苦的叫声，然后，在汤米道歉之前，用她的手杖狠狠地打了他的腿。

汤米张着嘴巴僵在原地，露出了震惊的表情。这实在是太突然了，也太尴尬了。佩拉快笑死了，她试着抑制自己的笑声，但还是忍不住笑出声。她赶紧低下头，装作找纸巾，不去看汤米怒气冲冲的脸。

莎普太太慢慢向旅馆门口走去。"蠢蛋""小屁孩"……一连串词在英国的下午响了起来。

季诺斯利太太的旅馆里现在只有一位客人，那就是沃特·皮莱。莎普太太和孩子们住在离那里步行 3 分钟的地方——在离布莱尼姆公园大门不远的一家咖啡店楼上。

莎普太太的房间最大，从那里可以直接看到楼下的墓地。佩拉和汤米的房间在走廊的另一边，从他们的房间可以看到街道。三个房间被一条窄窄的，很特别的走廊连接起来。每一片地板都好像在呜咽似的，佩拉从来没有听过这么"吵"的地板。

在关上门之前，莎普太太跟孩子们说："一个小时之后，我们去和沃特·皮莱吃晚餐。在此之前，都是我们整理行李箱和休息的时间。"她命令道。

"但是我现在就想调查了。"佩拉期待地说。

"是啊。"汤米抖着腿响应道。

莎普太太没有发表什么意见，她静静地转进房间把门关上了。佩拉和汤米听到了里面落锁的声音。

"再见！"佩拉对汤米说，接着她耸了耸肩。汤米僵了一下，然后也点了点头。

两个孩子进入了他们各自的房间，他们把门关好锁好，觉得自己长大了，同时也还有些沮丧。他们真的不用立刻出门找卡特吗？卡特会不会已经到了危险关头呢？莎普太太真的以为他们会待在各自的房间里休息吗？

"喂！"

佩拉正在笔记本上写着什么，听到声音后抬起头——有什么东西正在她窗外移动。那是一段弯曲的黑色电线和一片扎在电线上飘动的纸。

"喂！"她又听见了那个声音。

她站起来，把窗户开到最大，抓住了那张纸。纸上写着"看外面"。真巧妙，她讽刺地想。佩拉注意到她的石头窗台的中间有一个深深的凹痕。那是用胳膊肘支在这里看外面的人留下的吗？时间真奇妙，佩拉想，她想象着几千几百个人，在过去的几千几百年里把胳膊肘支在这里。

她看向窗外。一支晾衣架正缠在汤米的窗帘里，窗帘上的蕾丝在汤米头周围摇摆着。佩拉笑了。

汤米怒视她："别笑了！我正想着从这里逃跑呢！"

"逃到哪？"佩拉问。

"呃，就是想去冒险啦。"

两个人现在都用胳膊肘支着下巴。

"你打算拿外面嘎吱嘎吱响的地板怎么办？"佩拉看起来有些怀疑。

"我们可以从靠边的地方走，贴着墙走。如果被莎普太太发现，我们就说我们必须现在就开始调查。"汤米说。

很快，他们就偷偷摸摸地踩着走廊的边缘出发了。汤米是对的，如果你每一下都踩在边缘，破地板几乎不会发出任何声音。

当他们踏上人行道的时候，佩拉举起手想和汤米击掌，汤米响亮地回应了她。这有点疼。但是佩拉知道，汤米和卡特击掌时比这个更热烈。另外，如果她和汤米不能很好地相处，他们将无法完成任何事，所以，佩拉尽量忽略手上火辣辣的疼。

"我们成功了，那么接下来呢？"她一边说一边把手在裤子后面蹭了几下，在汤米回答之前，她喘了一口气。

在街道的另一边，一头很大的奶牛被拴在路边。它的嘴上有一张皱巴巴的纸，纸是天蓝色的，上面被画了几道

黑色的线。汤米和佩拉同时认出了那张纸。

佩拉挥舞着她的手臂就要去拿，然而一只乌鸦飞了过来，把纸叼走了。

"哦！该死！"汤米说，"现在我们的第一个线索不见了！"

"让我试试看！"佩拉被汤米的话刺伤了，卡特可从来不会这样说话，就算他生气了也不会。"咱们分开行动吧，再见！"她说。

"好啊！"汤米迅速地走上另一条路，离开了。

佩拉看了看表，只有半个小时的时间了。如果汤米准时回来了，那很好，如果他没回来，也不错。他简直不可理喻，她生气地想道。

佩拉小心地沿着扇形的街区走着，寻找着古老小镇的中心广场。在这里很容易迷路。道路不紧不慢地向各个方向延伸着，好像走到哪里都无所谓。

碰到的每个人的脸看起来都瘦骨嶙峋，和周围的石头很搭配。这里的人们穿着灰色的毛衣、黑色或者绿色的雨靴，戴着围得紧紧的围巾。佩拉拉紧了她的毛衣，她觉得这个地方很大，很黑，也有些模糊，好像画面里的颜色都跑出了各自应在的区域。或许，这是来到这个小镇的游客都会有的感觉吧。

她又转过一个转角，发现自己刚好到了广场的边缘。啊哈，这里就是那个亚历山大·卡特的雕像曾经矗立的地方了。她知道，卡特曾经在这里和一个男人说过话，就在他消失的那天。他们说了话，还握了手。

她走得近了一些，然后看到了警戒线围着的那团黄色的东西：

两个"I"交叉在一起，像一个"X"，而两个"W"因为方向的原因拼在一起可以组成"WE（我们）"。然后呢？SH-SH。听起来像是"嘘——"它是罗盘吗？还是一个游戏？又或者是某种提示？希望……希望……

是的。她真心希望卡特会出现。现在，她站在这个特别的地方，好像寻找卡特的任务看起来没有那么困难了。

"佩拉！"

她转过头，发现汤米正跑向她。他的嘴张得大大的，眼睛瞪得圆圆的。"刚才有个警察拉着我要看我的护照！那时我正好在一个屋子里，所以趁他跟别人说话的时候我就跑了！"

"哦。"佩拉说，她现在懒得表现友好。

"哦，好吧，好吧。"汤米说，"我道歉，保证以后不随便骂人了。不过我想我们应该去一下伯敏……哦，布莱尼姆公园。现在公园里都是警察，而且公园大门也暂时封闭了。你看到那个花园的围墙了吗！那可太高了！"

佩拉看了看天空，又看了看汤米。"我看咱们能想到进去的办法。"她慢慢地说。

汤米看着她，然后，他看到了那个"希望……希望……"

"哇，太难以置信了！"他喃喃地说，"你知道卡特是怎么说'X'拼板的吗？那是最难拼成长方形的拼板，所以你一般不会把它留到最后。看，它现在就在中间，适合它的位置。"

"我想知道'X'在迷宫里是什么意思呢？"佩拉说。忽然，她发现有个人好像在渐渐靠近他们。在偷听！那是一个穿着黑衣的和她年龄相仿的女孩。但那个女孩很快就跑开了，并且在一个大塑料袋里翻找着，好像在找什么东西。

"十字路口，"汤米迅速地说。说完他笑了，"嘿，不错嘛，我可以像卡特一样思考了。不，是为卡特思考！"

"当他也在思考的时候。"佩拉说。

汤米盯着她的下巴，佩拉的话是什么意思呢？他耸了耸肩，不想问。

现在正是下午早些时光，阳光从叶子和楼之间射下来，在石头上打出令人愉悦的形状。一会儿，光变冷了，一切变得不那么立体了，小镇看起来也不是那么可亲了。忽然，他有点想他妈妈和他的宠物金鱼了。他的金鱼总是有好办法——它一定知道他们现在该怎么做。

又过了一会儿，光里已经没有一点温暖的橙色了。汤米想着，打了个寒战。这里只有被风化的石头、昏暗的天空、黑色的鸟、黄色的"希望"，以及一个消失的红色雕像，还有一个失踪的卡特。

失踪的卡特……汤米发现他在数这五个字，五个恐怖的字。

第二十一章

那天晚上，大家在一家叫维斯尔的餐厅吃晚餐。看起来沃特·皮莱在过去的两天里都没有睡过觉，佩拉和汤米也打着哈欠，大部分时间都是莎普太太在说话。

"唔，这里有香葱馅饼、牛排和吉尼斯派、鹌鹑、卷心菜煎土豆配红葱酱。"莎普太太说。她好像没有注意到大家的情绪都有些低落。

"我想吃鸭肉，糯米肠，鸡蛋麦浆，土豆泥配荷包蛋。"佩拉说。

"我想吃牛腿排配薯条。"汤米说，并且用肘部捅了一下佩拉。她瞪了他一眼，露出一种不想和他说话的表情，就把头转开了。

莎普太太吸了一下鼻子，她点了一个烤马铃薯和一杯气泡果汁。

沃特·皮莱点了一个啤酒鱼，菜上桌以后，他先小心翼翼地用叉子戳了戳它。汤米有点迷惑，为什么这里的菜名都这么暴力？（糯米肠的英文名为 Blood Pudding，blood 是鲜血的意思；还有气泡果汁的英文名为 Whipped Squash，whip 是鞭打的意思，所以汤米觉得它们暴力。——编者注）这些词居然是用来形容食物的，英国真是一个奇怪的国家。

"我今天一直在布莱尼姆公园附近。"卡特的爸爸说，他的表情萎靡不振。"我真的无法想象他会在哪儿。我想过，他可能是参加了什么和雕像有关的救援活动，就像你们三个之前做的一样，但我还是不知道，为什么要救一个情况并不危险的东西呢？而且，它又那么大——很沉，很难搬，不好藏。卡特又能为拯救艺术品做什么呢？"

他叹了一口气接着说："当地人好像对雕像的消失毫不在乎，他们觉得它本来就不属于这里。"

汤米忽然坐直了身体："我不记得具体的故事了，但是弥诺陶洛斯不是吃人的怪物吗？"

"嗯，"沃特·皮莱沉思着，皱起了眉头，"我总是回避这个问题。"

莎普太太清了清喉咙："那应该是一个古老的希腊神话，最可怕的神话之一。故事是这样的：克里特岛的国王弥诺斯发现他的妻子爱上了一头公牛。结果就是，弥诺斯的妻子生下了·个人身牛头的怪物——弥诺陶洛斯。弥诺斯建造了世界闻名的迷宫，在那里，他囚禁了那个怪物，并经常把年轻的男人和女人喂给他吃。"

佩拉看了看卡特的爸爸，发现他已经把食物推到了一边。"那只是一个神话。"佩拉喃喃自语。

"当然，"莎普太太冷冷地说，"不管怎么说。忒休斯借助一个线团发现了进入迷宫的道路，并用剑杀死了怪兽。这就是结局。"

汤米和佩拉盯着自己的盘子。佩拉用余光看到莎普太太把一只瘦骨嶙峋的手放在了沃特·皮莱的胳膊上："你不会觉得一个传说中的人身牛头的怪物会阻碍我们找卡特吧？"

沃特·皮莱吸了吸鼻子。

"他可能是挖到了过去的古迹呢！这样的话，你回到海德公园就可以退休了，再也不用上班了！"汤米语速很快地说。

"或者，他在忙一个大计划。您知道，他看事情有点特别。"佩拉的语调低沉。

莎普太太重新严肃地靠回她的椅子上："如果你们真的在这里找到什么古董，按照英国法律，你们可以把它留作已有。不过，不管怎么说，你们今天应该好好休息，我们明天有很多工作要做。"她看向佩拉和汤米，"准备好，孩子们，在迷宫里找到你们的路，我知道你们可以的。"

她习惯性的命令式语气好像特别适合这种时候。在他们回旅馆的路上，汤米发现，莎普太太其实很少用她的手杖。即使这里有许多鹅卵石，她仍然像在海德公园那样如履平地。她走遍每一条街，看向每一扇窗户——她在寻找卡特。

"莎普太太好像已经在迷宫里了！"佩拉悄悄对汤米说，汤米给了她一个茫然的眼神，佩拉忽然很想念卡特，卡特会明白她的话的。

"你说的没错。"莎普太太说，"你们知道我的耳朵很好使。"

接下来的路，大家都非常安静。

他们一起走上吱吱呀呀的楼梯的时候，佩拉和汤米在莎普太太背后打着暗号，计划晚上打开各自的门，隔着门廊说话。但是什么也没有发生。在他们回到各自房间后几分钟之内，两个人就都睡着了。

在小镇的中心广场外，夜幕刚刚降临。一轮月亮在云里时隐时现，黄色的"希望—希望"在黑暗里闪烁着。午夜，一双穿着雨靴的脚小心地走过了那些字。在 20 英尺之外，跟着那双靴子的，还有一只很大的猫。几个街区之外，一条长长的红线缠在篱笆上，从垃圾桶的顶端穿过，从卡车下面穿过，从墓园的石碑间穿过，最后停在布莱尼姆公园围墙附近一个脏脏的泥潭里。

两只大脚、四只小脚在夜里走过。

第二十二章

第二天早上，汤米和佩拉穿着睡前的衣服醒来了。汤米瞬间跳了起来，为卡特在奇怪的小镇里迷失，而他却在旅馆睡大觉而内疚。佩拉醒来的时候也觉得很抱歉。她把笔记本翻到新的一页，快速写下：

我梦见我是被缠绕在卡特游戏里的一个词语。我动不了，至少我自己不行。这让我感觉很糟糕。这究竟是谁的游戏呢？虽然我是词语，但我是活的，可我又不是我，我想知道我是什么。

突然响起的敲门声让她从床上跳起来，忘了自己还没洗漱，没换衣服，也没梳头。

"哦，天哪。"莎普太太在佩拉打开门的一瞬间说，"我们一会儿在楼下的茶室见面。"在佩拉关上门的时候，她发现汤米好像在对她说"快点"，独自一个人和莎普太太待在一起可不是那么容易。

佩拉快速冲进浴室，把水浇在脸上，把头发绑成马尾——现在没有时间处理那些纠缠在一起的头发了。她穿上一件干净的毛衣，急急跑出房间门。

她在自己的位置上坐下的时候撞到了桌子腿，还把茶水碰洒了。莎普太太显得很冷静，"我有一个计划。"她说，"不过不是为了对付你们的蠢笨。"

佩拉在心里哀叫了一声，汤米以鼓励的眼光看了看她。"我是说这里的警察们，"莎普太太说，"你们明白吗？他们需要遵守纪律，但你们不需要。"

这是第一次，佩拉发现莎普太太有多么疯狂。

"我们准备好了。"汤米说，虽然佩拉觉得他完全没准备好。她真希望卡特能在这里，在他们三个人之间提供平衡。卡特看莎普太太一眼，然后她就会多解释一点。

就像真的"准备好了"一样，两个孩子点了点头。他们安静地吃掉了几个蛋糕。

最后，莎普太太抿了抿嘴："怎么样？你们该出发了。"她说。

"你的计划呢？"汤米问。

"我的计划就是让你们两个一起行动。唯一的要求：你们两个不能分开，带好护照，五点准时回到这里。你们两个一起行动会比跟我一起更好。"

她给了他们每人一个信封，对他们说："用这个。"她扣好大衣，慢慢地走出旅馆，向着中心广场的方向去了。

"真棒。"汤米说。

"真自信。"佩拉说，但声音里带着一丝怀疑。

汤米已经把他的信封打开了，里面有一些钱和一个写着"午餐"的小纸片，此外，还有一张打印好的小卡片，上面用优雅的字体写着：

路易斯·柯芬·莎普，美国芝加哥警察局特别侦探。

卡片上的印章看起来很真实，旁边还有用钢笔写的一些字：

我委任我的助手托马斯·斯戈维亚进入布莱尼姆公园，可在伍德斯托克的任何地方自由调查，请配合。

然后，是莎普太太的签名。

佩拉的卡片和汤米的是一样的，只不过换成了佩拉的名字。

"什么？"他们同时惊叹道。莎普太太真是一个充满惊喜的人。

"卡特会羡慕死的！"汤米说，"芝加哥警察局特别侦探？我就知道莎普太太会带我们做点有趣的事情的！"

"他肯定会羡慕。"佩拉说，然后，他们跑上楼去拿护照。

第二十三章

在莎普太太离开十分钟之后，汤米和佩拉走在通往布莱尼姆公园的路上，很快，他们就遇到了拦着的警戒线。一个警员看了看他们的卡片，咕哝了一声，然后说："哦，是的，那个男孩的爸爸说你们俩会来。过去吧，看来你们拿到你们的认证了，没什么麻烦了，明白了吗？"

孩子们点了点头，然后走过巨大的石门，进入了公园。因为有围墙挡着，所以不进去的话是看不到里面的景色的。

"真大啊！"汤米喘着气说。

佩拉把她的头轻轻转过去。"这是艺术！"她悄声说，"宫殿和桥搭配的方式，还有草地和水的设计……我们就像在一幅画里，汤米！"

汤米抓住了她的袖子："快走吧，他们在看着我们呢，特别侦探可不会被这种景色震惊。"

佩拉看了他一眼，然后陷入沉默。

他们很快地走上了一条看起来没有尽头的路，往迷宫走去。在这个雄伟的景观里面，他们都觉得自己非常渺小。

汤米打破沉默说："卡特独自在这里走的时候一定很孤独，特别是在日落的时候。"

佩拉点了点头。

他们都想起，卡特一直很怕黑。他怎么可能在这样一个地方藏了两个晚上呢？他不是那种会自己一个人半夜出门，不考虑别人是否担心的孩子。到底是什么重要的事情，让他和外界失去联系这么久呢？

"我们可以试着像卡特一样思考，我知道该怎么做。"汤米说。

"好啊，"佩拉表示同意，"我也是，我们可以试试看。"

接下来的十分钟，他们在安静中前进。他们都在思考。汤米在想，即使这里有什么宝藏，卡特又打破了什么规矩，他也不可能独自在这里挖掘。而且，卡特是一个对图形比对寻宝更感兴趣的人。没有拼板的他——每次巴顿小姐把他的拼板锁进柜子，他都快要吓出心脏病了。所以，如果不是宝藏，会是什么让他没回家呢？

佩拉再次想到，卡特是被卷入一个什么游戏——一个和失踪的卡特雕像还有"希望"有关的游戏。或许他给他爸爸留了另一张纸条，而那张纸条丢了。或者，他没来得及留下另一张纸条。

"汤米。"佩拉停了下来。

汤米也停下了："什么？"

"卡特是不是被困在什么地方了呢？或者被捉住了，被骗了，我梦见——"

汤米摇了摇头："别这么说，我们应该集中精力，想想我们要做什么。"

"好的，"佩拉慢慢地说，"你是对的，胡思乱想没什么帮助。"

汤米习惯性地嘟了嘟嘴，耸了耸肩，就像他当然是对的。佩拉瞪圆了眼睛。

在去迷宫的路上，他们看到好多上百年的橡树，那些橡树弯弯曲曲的，有的有中空的树洞，那种你不需要弯曲身体就可以站进去的树洞，大到可以藏两个小孩。他们钻进其中一个树洞，树上有奇怪的洞与凸起，但是没有卡特。最后，他们来到了菜园外高高的砖墙底下，不过，他们还没看见树篱迷宫。

汤米和佩拉在一扇大门前面停了下来。"我们来了，卡特。"佩拉轻轻地说。

"嘿！"汤米喊道，他吓了佩拉一跳，"帮帮我们！我们在找你，给我们点提示吧。"佩拉笑了，她在笑话他，她觉得他这样很蠢。

汤米双手叉腰，气愤地对她咆哮道："你以为你是唯一一个有主意的人？"

这让佩拉更想卡特了，她的眼睛里燃烧着怒火，汤米常常误解她，他总是说一些让人生气的话。她加快速度走过那扇门，走过一个小小的、古老的小镇模型。她想低头看看那些窗户，但她只能看到自己的眼泪。她跑出一段距离，穿过农作物，跳过一个很大的水坑，消失在那些绿色的高墙后面。

汤米看着佩拉的背影和她黑色的马尾辫，他也比以前更想他的伙伴卡特了。佩拉太……怎么说呢？她太容易生气了，因为她总以为别人都明白她在说什么。卡特从来没有那样看过汤米，也不会和他讨论什么艺术。他们都是只会做事的人，而且彼此了解。

汤米踢起一块石头，追着它跑向迷宫的入口。但是石头滚出了沙砾小路，汤米也只好赶紧停了下来。

小石头最后停在路边一个小小的圆片上，周围是一些泥土块和散落的鹅卵石。汤米把小圆片捡了起来，是谁把它掉在这里的呢？不，它上面还有一些泥土，就像它刚刚被踩过似的。

那片金属片看起来非常古老，非常旧，棕色的圆盘上面有一些绿色的斑点。它的一面印着一个女人，因为被磨损得太严重，你只能隐隐约约地看到她。她坐在一个很大的圆球上，一只手拿着一支矛，另一只手拿着一盆植物，或者是一面小旗子？她的头发被梳成一个高高的、整齐的发髻。她的脸都快被磨掉了，只能看到一只眼睛。字母"BRITANNIA"在圆盘的边缘卷曲着，汤米看到了底部的小数字。那是……1752年吗？真是个大发现，一枚古代钱币！

在圆片的另一面是一个男人的头，那是一张暴躁的脸，你可以看到一只哀愁的眼睛和一只鹰钩鼻。乔治二世，汤米读道，然后看到两个字母——EX。他拍了拍钱币，然后用自己的裤子小心地擦了擦它。不，那是"REX"。汤米知道，REX是"国王"的意思。乔治二世国王！真是一个大发现。

虽然现在重要的是找到卡特，但是这个发现显然也很棒啊——1752！汤米想起了莎普太太在飞机上讲的故事，关于人们在这片土地上的历史。这里一定有一些更古老的宝贝，到处都是，可能和他家的瓶盖一样多。人们在这里经常能捡到它们吧。

"佩拉！"汤米大喊，"佩拉！你在哪儿？"

没有人回答。一阵风吹动着叶子组成的迷宫墙。他们在进入公园以后就没看见人，他们甚至连个警察也没看见。布莱尼姆真是个怪异的地方。

"佩拉！"汤米又大声喊道，还是没有回答。他把硬币放进他的口袋，快速跑向迷宫的入口。

在迷宫里，汤米跳过泥坑向前冲去。他拐了一个弯，一根树枝挡在小路中央，然后，又是另一根树枝——他仍然看不到佩拉的背影。他停下脚步大喊："佩拉！"回答他的仍是一片寂静。

他听到好像有人在树墙的另一边缓慢地移动，或者是自己听错了，那动静只是风？树丛组成的墙实在是太厚了，在大部分地方，他都只能看到树叶之间的光。他想象着卡特夜晚独自一人在这个大公园里探险时的心情。他不由自主地颤抖起来，感觉有人用冰冷的手指滑过他的脊背。他转过身——没有人。他把手插进口袋里，用手指抓住硬币。帮帮我，他在心里默默地说，帮我找卡特。

REX，他忽然想到了这三个字母。我的口袋里有个国

王！国王和女武士！硬币上的人是不是希望他找到他们呢，他们会不会给他更多能量呢？这好像是佩拉会想的事情，他想，然后耸耸肩。或许，她不是真的那么糟糕，和她待在一起不怎么好，但是总比他自己待着强。

他挺起胸看着面前的两条路，他选择了其中一条，这条路看着像个死胡同，其实不是，这是一个弯道。顺着这条路，他又来到了一个三岔路口。在这里，他又一次听到了小小的响动，好像有人用手指拨过树叶。会是谁呢？好吧，说不定是个游戏。不过，他决定从现在开始用脚尖走路。

一步，两步，三步……汤米不断地扭头向后看。树墙好像更高了，太阳在云层后面彻底消失了。他感觉他已经转了至少十个弯，可是他并没有更靠近迷宫中心。接着，他看到和他平行的树丛中有黑色的东西在地面上移动。他的身体僵住了，那是一双雨靴吗？如果是，他们可真够大的。佩拉穿的是运动鞋，而且它们不是黑色的。

他又偷偷摸摸地前进了一段，找寻着树丛中的另一个出口。握着硬币的手心现在全是汗，但是他不敢放手。是谁在树丛里跟着他呢？他是不是抓住了卡特，又抓住了佩拉呢？

过了一会儿，他已经看不见那个黑色的东西了。是不是对方也发现了他？现在，他成为目标了吗？他拐过一个弯，一群黑色的乌鸦贴着他的头皮飞了上去。

接着，他就发现佩拉脸朝下倒在路中央的地上。

第二十四章

在五个人偷走弥诺陶洛斯的那天晚上，一切都进行得很顺利，至少看上去是如此。

他们把雕像搬上从市场偷来的小推车，然后飞快地用黄色油漆喷下了两个"希望"。因为小推车的轮胎是橡胶的，所以那个穿雨靴、戴黑手套、戴黑色长筒袜头套的男人没让车子发出一点声音。小镇里没有一盏灯是亮的，没有一扇窗户是打开的。嗯，这次行动真是天衣无缝。

离开主路之后，五个人来到了布莱尼姆公园的正门外。雕像很快就被转移到了一条有很多树的土路上，一切就像计划中一样，甚至没有一辆路过的车子，没有人看到这一切。

雕像被放在一个荒凉的大谷仓里，那个地方几乎永远都不会有人来。五个人在那里等待着雇他们的美国人，他说他会在那天晚上带着一辆卡车来和他们碰面，他们负责把雕像从推车上搬到卡车上。他说他已经找到了另一条可以离开公园的路，他会载上他们，然后带他们到另一个卸货地点。他会付他们现金——分别装在五个信封里。男人说，他这样做是为了获得一份非常丰厚的报酬。

结果，那个男人始终没有来。

五个人把谷仓的门锁了起来。他们一致同意，在那个人没有来之前，谁也不离开这个谷仓。因为如果那个美国人把报酬给了他们五个中的一个，而那个人拿钱跑了该怎么办呢？

早上，五个人分别给家里去了电话，然后继续待在谷仓里，他们已经开始呆呆地盯着彼此，昏昏欲睡。到了第二天，那个男人还是没有出现。这时候，他们终于开始执行另一个计划了。他们不能找警察，因为偷了"弥诺陶洛斯"的是他们，他们偷了别人赠予镇子的雕塑。不过，如果那个美国男人跑了，雕像不就任他们处置了吗？

在收音机里，他们听到了一个有趣的话题：卡特游戏。话题中提到一个卡特先生做的雕塑和一个叫卡特的男孩子同时消失了，这么巧合的事件很有可能是人为精心策划的一个恶作剧，特别是现场留下的那两个黄色的字，使这一切看起来更像是一出闹剧。

这正是那五个人需要的借口，他们并不想被人笑话。希望？当然了！如果那个雇他们的人戏弄他们，那他们也能，他们可以把雕像卖掉。

那天下午，五个人中的一个找来了一个做食品生意的朋友，借了一辆足够藏下"弥诺陶洛斯"的卡车。他们计划用干草把它包起来，然后带它去欧洲。或许他们可以在德国或者瑞士把它卖掉。

那天晚上，一辆大型卡车装载着雕像向南方开去，开向英吉利海峡。五个人挤在小小的车厢里，一场大雨落了下来。

"希望，希望……"这个词和车里的雨刷一起前后摆动，填满了卡车，冲向黑暗的前方。

第二十五章

"佩拉？"汤米紧张地叫道。

佩拉抬起头，挥舞着一小片黄色塑料片。"别紧张，"她冷静地说，"这不是拼板。"

可是汤米快气炸了。她不知道害怕吗？她没听见他叫她吗？

"我还以为你受伤了！"汤米冲她大叫，"我还看见有别人在迷宫里，别人。"

佩拉坐了起来。"真的？"她往四周看了看。

"真的！"汤米尖声说，他决定不提那些乌鸦。

佩拉坐在地上，两手交叉在胸前。"你知道吗？我认为这里只有我们两个人，汤米，没有别人，如果我们再继续对彼此生气，我们没法找到卡特。"

汤米保持沉默。佩拉继续说道："我们都知道，你是个很棒的寻找者，我呢，呃，我不太确定，但至少我有一些特别的想法。有些时候，我能把事情想清楚。"佩拉站了起来，歪着身子，掸着马尾辫和毛衣上的土。

汤米笑了，这让他自己也很惊讶。至少，你不能说佩拉是那种很难相处的女孩。

"对不起，"他忽然说，"我有的时候脾气很差。"

佩拉伸出手，给了他一个飞快的拥抱。汤米的心猛烈地跳着，他的脸红透了。佩拉的毛衣上有一种干净的花香——有点像刚洗好的床单。

"和好吧！"佩拉说。

"和好！"他点点头，把手深深地插入自己的口袋。"嘿！我忘记给你看了，我还怕你死了。"汤米拿出口袋里的硬币。

"哇！"佩拉的呼吸停止了一秒，"这是真的吗？"

"应该是的，"汤米说，"它真的很旧，看这儿：1752年。这是在路边的泥土里发现的。"

"哇，1752！我从来没见过这么古老的硬币。它这么多年来都埋在哪儿呢？"佩拉的声音有一点期待，但很快又变得非常冷静："嘿！我们要不要先离开这个迷宫，去'魔力水井'？那个真正的老迷宫，罗莎蒙德水井，记得吗？或许我们在那里会遇到什么幸运的事。"

如果是以前，汤米一定会做出一种满不在乎的表情，但是现在不一样了。他相信他和佩拉可以成为朋友。"好的，我们走吧。"他说。

接着，他有了个想法，这个想法好像是从卡特的大脑里来的。"这个硬币上的 1752：1+7+5+2 = 15，另外，卡特喜欢 10 块拼板拼成的长方形，记得吗？哦，还有——"汤米认真地数着，"亚历山大·卡特（Alexander Calder）也是 15 个字母！"

"五的倍数！听起来很酷！汤米！"佩拉发现，汤米的石头脑袋里原来不只有固执，他其实挺聪明的。

他们继续在迷宫里穿行。"我们走过这里了，你看这根树枝和这张紫色糖果纸。"汤米沮丧地说，"我们至少走过这里两次了。"

"我知道……真不敢相信这个迷宫这么难走，"佩拉说，"但还好我们在一起。"

"还好我们在一起，"汤米可不信这话，"我找到你的时候，你看上去可不怎么害怕。"他说。

"但我真的在害怕。"佩拉说。

"想想看，如果'弥诺陶洛斯'就在下个转角会怎么样？"汤米说。

"说不定还会从你背后冲过来呢！"佩拉说。

"躲在迷宫里的东西从背后冲过来……这可太可怕了。"汤米看了看背后，"有人跟着你，可你却看不见他们，而且你来不及躲。"

"是的，你无法准备，因为你不仅不知道那东西会从哪儿扑过来，就连你自己在哪儿都不知道。"佩拉补充道。

"不知道卡特会不会喜欢这里。"汤米说,"走进一个这么大的迷宫,他会多高兴啊。不知道他会不会害怕呢?"

"他一定会喜欢这里的。"佩拉说,"我们害怕是因为我们觉得自己迷路了,迷了路就不算是游戏了。"

汤米点点头。在接下来的两段路上,他都没再说话。他们又拐了一个弯,菜园忽然出现在了他们眼前。他们走到了迷宫的出口。

"终于出来了!"汤米跳过一个小水坑,"我还是更喜欢纸上的迷宫。"他说。

"哦,当然了。"佩拉说,"我也这么觉得。"

他们走到草坪上跪了下来,铺开他们的地图。

"我们现在就在这里,有笔吗?"汤米说。

佩拉从牛仔裤的口袋里抽出一支笔:"我还有个小本,你要吗?"

汤米摇摇头,他在找到硬币的那条路上画了个"X"作标记。

"要不要在广场中心也画个'X'?弥诺陶洛斯被偷的那里。"佩拉问。

"好的。"于是,汤米画下了另一个"X"。

"'X'表示我们认为很重要的线索,但这些线索我们暂时还弄不明白,是吗?"佩拉问。汤米点了点头。佩拉忽然觉得,组成"X"的两个斜着的 I 分别代表着她和汤米,只要他们同心协力,就一定能找到卡特。

"同心协力。"她自言自语道,突然,她觉得很尴尬。

"同心协力。"让佩拉意外的是,汤米重复了她的话。是不是,他也这么觉得呢?

当他们来到布莱尼姆宫的时候，那里被警察包围着。布莱尼姆宫很大，透露着一种严肃的气息，而汤米和佩拉都认为，卡特不可能走进那里，至少，在他第一次来到这个公园的时候不会进去。在去过迷宫之后，他一定会认真探索花园，比如罗莎蒙德水井附近。

两个人在布莱尼姆宫后面慢慢走着。忽然，他们闻到了热巧克力的香味。因为侦探和警官的到来，一辆卖三明治的车也跟着开了过来。

"要吃三明治吗？"佩拉问，"我饿了。"

"咱们就在这儿买了吃吧，这样比出公园买吃的方便，你觉得呢？他们可能不会再放我们进来了。"汤米说，佩拉有点儿不习惯他这种心平气和的友好态度。

"好啊。"她开心地点了点头，然后重新把她的头发绑成一个马尾，又掸了掸毛衣上的泥土。他们走到马车前面，假装成他们经常吃警察的工作餐的样子。

"我知道，你们是芝加哥来的小孩，"站在柜台后面的警察说，把眼睛睁得很大，然后斜视了他们一眼，"我在无线对讲机里听说过你们。"他说。

佩拉用胳膊肘捅了一下汤米，让他不要说话。这次，汤米没有还击。他们迅速地研究了一下三明治的口味。"我们要一个'奶酪泡菜三明治'和一个'鸡肉西红柿三明治'，两杯热巧克力。"她试着用成熟的语气说。

他们认为不需要付钱，（实际上这都是要付钱买的！）于是，说了谢谢之后就拿着三明治很快地走进旁边的花园去了。

"哈，你听起来像莎普太太！"汤米说。

"我试着让自己听起来像莎普太太。"佩拉说，她一点

也没生气，"看，这堵墙怎么样？"

两个人都没注意到，当他们一边吃一边走的时候，他们已经逐渐靠近了一个很大的"屁股"，它是喷泉中的一个雕塑。在芝加哥的美术馆里，你经常能看到很多裸露的屁股雕塑，但是在这里，这很罕见。佩拉环视了一圈，在这个公园里，好像到处都有屁股雕塑。汤米和佩拉都假装什么也没看到，专心吃饭。

吃完饭之后，他们向皇后水池走去，那片湖就叫作皇后湖。他们只要走过古老的拱桥范布勒桥，就能找到罗莎蒙德水井。

他们走向一个树丛，离开了警察和那些雕塑，他们终于能放松一会儿了。他们的谈话变得自然起来，从今天早上开始，已经有太多事情开始改变了。

"或许卡特穿过了迷宫，然后……"汤米的声音低了下去，"真奇怪，花园里见过他的人都说没看见他和别人在一起。"

"我知道，我也想不通。"佩拉叹了一口气说，"不往坏处想真是太难了。"

"但是这个地方看起来很安全啊，我是说，英国人看起来都很……有礼貌，每个人都彬彬有礼。"

佩拉笑了，她想到了刚刚那些雕塑。"我觉得这里的人只是看起来很有礼貌。不过我明白你的意思，我也觉得这里更安全，至少，相对芝加哥来说要安全。"

在她说话的同时，一个男人低沉的声音在附近响起，然后是另一个人的回话声。汤米和佩拉听到，有很多人在跑，还有小船的引擎声。他们快速跑上小山的顶端，然后滑到河岸，到了警察聚集的、靠近一条小蓝船的地方。

他们站在一堆石头上，他们都能看见：在船尾，被一条红色的毯子包裹着的，是一具蜷曲的尸体。

第二十六章

那天，汤米和佩拉在布莱尼姆发现，时间流逝的速度并不是恒定不变的。人们用天来计算时间，但是有些天给人的感觉好像是几年，有些天则是一晃而过。有些日子非常重要，有些就不是。而在英国的这一天，就好像是没有终点的一天，充满了奇怪的事情和恐怖的惊吓。那是两个人都不会忘记的一天。那一天的开始，是莎普太太把他们当作大人，接着，是汤米捡到硬币，接着，是他们奇迹般地开始帮助彼此。现在，是尸体。

在皇后水池旁边的岸上，他们紧紧地靠在一起。他们觉得被世界狠狠踢了一脚，他们摔出了那个亲切的、熟悉的时空。

卡特……毯子下面……是卡特……卡特死了。

在警察说出"男性"这个词的时候，汤米和佩拉都哭了。看到他们两个崩溃的样子，一个警察走了过来。

"不，没有人死，"他安慰般地说，"至少现在没有，那不是你们的朋友卡特，那是一个男人，成年男人。"

佩拉坐在一块硬硬的石头上。男人，她想，他们找到了一个男人。汤米用袖子抹干他的鼻子。男人，他想，男人，真是个奇迹般的词。在这个奇迹里，他们擦干了脸颊。佩拉的马尾辫缠在了一根树枝上，她不得不解下皮筋，然后迅速把头发绑成了一个不碍事的黑色蓬松的发髻，而警

117

察只是摇了摇头。

"你们两个走吧，我们有很多事情要做，在把他送回小镇之前，我们要对他进行急救。他的头受伤了，伤得很严重。"警察的声音很平静，就像在谈论水果的好坏或者即将降下的大雨。

佩拉和汤米默默地爬上河岸，他们忽然有一种筋疲力尽的感觉。他们摇晃着向宫殿的方向走去。现在，他们显然不可能在警察离开这片区域之前，走上通往罗莎蒙德水井的桥了。两个人都没说话，好事和坏事混在一起，瞎讨论帮不上什么忙，至少现在是这样。

她看着她的鞋和汤米的鞋。走，走，走，一步又一步。

"卡特走路，好想看卡特走路。"她大声说。

汤米点点头。"我知道，"他说，"我也想看卡特走路。"

在快要到达宫殿的时候，他们远远看到了沃特·皮莱和莎普太太。莎普太太抓着沃特·皮莱的手臂，他们正走向那个有很多雕塑的花园。佩拉和汤米跑步追上了他们，把遇到的事情简洁说了一遍。

"真的?"莎普太太问，站得更直了。

"我的天啊!"卡特的爸爸用微弱的声音说，"他是谁?他还有意识吗?"

"不知道，"佩拉说，"不过幸好，我是说——"

"哦，"卡特的爸爸说，"当然。"

"来吧，我们坐下说。"莎普太太说，"戴安娜神庙里有一些座位可以坐，我带了一些新鲜的'石头'面包。我知道，这个名字有点儿可怕。"莎普太太朝一栋小小的石头房子挥舞了一下她的手杖。

她一说完，其他三个人就走进去了。这座建筑只有一面向外开放，看起来有点像小型的希腊神殿。四个人在一条石头长椅上坐成一列。

莎普太太先开口了："这里就是温斯顿·丘吉尔先生向他的妻子求婚的地方。丘吉尔先生的妻子后来回忆说，她当时很期待他的求婚。当她等待的时候，她看到地上爬过一只甲虫。她想，如果甲虫爬过了一道裂缝，他就会开口求婚，否则，他就不会。结果是前者。"

莎普太太冷静的语调让汤米和佩拉镇定多了，她拿出一个棕色的纸袋，给了每个人一块奶油烤饼。

"汤米和我正要去那座桥，就看到了船上的尸体。"佩拉说，"啊不，他还没死，所以不能叫尸体，是看到那个人。"

"我们在那里做了我们认为卡特绝对会做的事。"汤米说，"我们去了迷宫。"

"很有道理。"莎普太太说。这让大家都惊讶了一下，这好像是她第一次肯定他们。

"你是怎么给我们拿到那些芝加哥警察局侦探身份的？"佩拉问。她觉得现在是个合适的时机，"你真的是秘密调查员？"

"我总在调查，我也总是独自行动，"莎普太太含混地说，她用语气表明她不想回答这个问题。

佩拉咽了口唾沫，点了点头。刚刚一直沉默的沃特·皮莱清了清嗓子说："唔，我也做了一点调查。"

另外三个人安静地等待着他的发言。

"一开始，我发现亚历山大·卡特的作品'弥诺陶洛斯'在三周前被送到伍德斯托克，在被组装起来之前，它

是属于个人的。虽然捐赠者想要保持匿名，我还是做了一些更深入的调查，我找到了在过去十年中它的拥有者：那是一个叫亚瑟·维什（Arthur Wish）的人。"

"希望—希望（WISH-WISH）！"汤米和佩拉异口同声地说道，捅了一下彼此。莎普太太没有发表意见，但是她的一条眉毛缓缓地抬了起来。

"然后猜猜接下来怎样。"沃特·皮莱继续说，"他住在芝加哥，或许是曾经住在芝加哥。现在没人知道他在哪儿。他至少有两年没露过面了，他的基金会的工作人员说他在旅游，他们会保持联系，但也不是经常联系。"

"基金会?"莎普太太问道。

"哦，是的。他是个百万富翁，或许是亿万富翁。他喜欢收集当代艺术品。他有很多卡特创作的雕塑作品，应该是美国最大的私人收藏之一。5 年前，他创办了一个叫作'分享自由艺术！'的基金会，它的理念是把艺术普及给每个人。他捐赠资金，在缅因艺术中心举办免费的卡特展览。他捐了一大笔钱，还设计了那个休息室。他觉得艺术的世界太无趣了，艺术的世界里都是交易、钱，大众无法真正去享受艺术，享受艺术给我们带来的快乐。于是，他想通过举办展览，重新把艺术带给大家，特别是带给孩子们。他还投入大量金钱和精力在社区规划上，鼓励孩子们用自己的方式去经历和创造艺术。不管你相不相信，这就是他的真名：亚瑟，或者艺术·维什。"

"艺术·维什！"佩拉高兴地说。

"这个名字真棒！"莎普太太说，汤米也点了点头。

沃特·皮莱继续说："今天早上，我从伊莎贝尔·荷西小姐那里听说，你们的老师巴顿小姐，后来又去了卡特的展览很多次。她在休息室里注意到了一幅匿名的作品素描图，里面提到一个计划：在世界上5个不同的地方放5个亚历山大·卡特的雕像。一个在英国，一个在日本，一个在智利，一个在土耳其，一个在俄罗斯。"

"哇！"佩拉说，"这个计划真不错！"

"巴顿？去美术馆？她脑子出什么问题了？"汤米又是惊讶，又是惊喜。

莎普太太不得不打了一个手势让两个孩子安静。沃特·皮莱继续说道："整个'雕塑'将在5个雕像都被捐赠并安装好之后完成。有一张纸上凌乱地画着其中一个雕像，猜猜是什么？那是'弥诺陶洛斯'，下面的文字是'中心广场，伍德斯托克，英国。'"

莎普太太下意识地用手杖敲打着石头地板，不过这并没有影响沃特·皮莱。佩拉和汤米都把嘴张成了"O"形。

他继续说："我发现，那个业瑟·维什很喜欢来英国，他也很喜欢英国的艺术环境。比如，英国有很多博物馆都免费，这有利于艺术的推广。还有，我从网上的访谈发现，维什先生很喜欢一个叫班克斯的艺术家，他就是英国人。人们对他又爱又恨，因为他是个麻烦制造专家。奇怪的是，他好像可以变成任何人，就像，他没有自己的脸。"

第二十七章

看到汤米和佩拉惊恐的表情，沃特·皮莱很快地补充道："啊，就是说没有人知道他长什么样，他是个善于保护自己身份的人。"

"哦，"汤米放松了一些，"所以他可以假装成任何人，他可以是任何人。"

"是的，也可以出现在任何地方。"沃特·皮莱说。

"他可以是……船里的人。"佩拉喃喃道。

"是的，"沃特·皮莱继续说，"一开始，班克斯是一个涂鸦艺术家，当然，那是犯法的。在很多国家，涂鸦被认为是破坏公物，至少，从法律上说是这样的。但是他有天赋、机智和一些富有力量的想法。比如让艺术回归大众，藐视权威。他有着古灵精怪的幽默感，他经常创作一些疯狂的、有趣的东西，让人停下来思考、发问。在 2005 年，他创作了 4 个小小的艺术品，并在几天的时间里把它们偷偷运进纽约几个主要的美术馆，把它们挂在美术馆里的墙上。接着，他又偷偷为它们拍了照片。我猜他应该有一个朋友或者说工作伙伴。然后，他再记录每个作品被美术馆发现和清除的时间。"

"他的艺术品都是为不同的美术馆专门设计的，他一般会开个小玩笑：他在大都会博物馆放的是一幅老式的肖像，画着一个戴着防毒面具的女人；给纽约当代博物馆的是一张英国汤锅的照片；布鲁克林博物馆得到的是美国士兵的画像，在画里，士兵拿着一个喷漆罐，他的身后是反战的涂鸦；而在自然历史博物馆呢，班克斯挂了一只甲虫，是真的甲虫！不过，他给它装上了战斗型翅膀和配套的微型导弹，然后把它装在了一个玻璃盒子里。结果是：在大都会博物馆的画只'存活'了 2 个小时，但是其他 3 个分别达到了 6 天、8 天和匪夷所思的 12 天。或许他是想说明，人们在博物馆里看艺术品看得多么不仔细。"

"班克斯说，博物馆里摆什么东西，不应该由少数有钱人决定，他们也没有权利把博物馆变成市场。艺术应该服务大多数人，而且是免费服务大多数人。”

“没有人知道班克斯和亚瑟·维什见没见过面，但是亚瑟·维什显然很喜欢班克斯，而且他想用他自己的方式为艺术的普及做一些事情。他想捐出一些属于他的艺术品，并希望它们可以被大家接受。他希望当地居民可以决定摆放雕像的地点，他不会强迫人。”

“而伍德斯托克的人们……”沃特·皮莱暂停下来，想要找到一个恰当的说法，“说起来有点让人伤心，但是我觉得他们真的不想要雕像。或许，除了那个女孩，没有人想要。”

他抓了抓头：“一天下午，卡特和我看到她在给‘弥诺陶洛斯’拍照片。接着，她好像和她爸爸起了一点冲突，虽然在她爸爸出现的时候，她假装在写生。不知道为什么，她对‘弥诺陶洛斯’非常感兴趣，而她爸爸不想让她感兴趣。那天下午，我看到卡特在广场上和一个男人说话，当我正要下车的时候，我发现那个女孩在二层的一扇窗户后面——她又在给‘弥诺陶洛斯’拍照片。她应该也拍到了卡特和那个男人，或许，她拍到了那个男人的脸。虽然或许没人知道他是谁，但这还是很重要——非常重要。”

“今天早上，我看见她从你们住的旅馆走出来，我怕从前门跑过去叫她会吓着她。”沃特·皮莱停顿了一下，然后摇了摇头继续说，“奇怪的是，她好像是季诺斯利太太的亲戚。我不能跟她说话，也无法问她的名字，当我向季诺斯利太太打听她的时候，她有点慌张，没有回答我。当我问到照片的事时，那个女孩表现得既担心又紧张。她不敢看我的脸，小声说相机里没有胶卷，她只是在练习。接着，

124

我问她认不认识广场上那个人，她疯狂地摇了几下头，然后跑开了。"

卡特的爸爸耸了耸肩，把手掌对在一起："我打算请警察帮忙，但是我担心她爸会找她麻烦。她爸看起来是个暴脾气。我敢打赌他不知道她有相机。啊，还有，她一直穿黑色的衣服。"

每个人都静静地思考着卡特的爸爸的话。佩拉皱着眉头，她想起了那个穿黑衣服的女孩，昨天在广场偷听她和汤米的谈话的那个。她会是卡特爸爸说的那个女孩吗？如果是的话，佩拉觉得那个女孩在这个事件中肯定不会完全无辜。

沃特·皮莱叹息了一下："所以，回到亚瑟·维什：他有一段悲惨的过去。他很早就结婚了，有两个女儿，不过他的妻子和女儿都在几年前一次可怕的车祸中去世了。他没有再结婚，只是变得越来越难找到，这应该说是一种隐居。我觉得他还活着，否则是谁把'弥诺陶洛斯'捐到伍德斯托克呢？不过，我只能找到这么多信息了。和班克斯一样，亚瑟也是一个很注重隐私的人。"

"那么，雕像被偷走那天，是谁在广场中心留下了黄色的字呢？"汤米问。

"警察局怀疑是班克斯，但是我不这么认为。从他的为人来看，他不会去偷那么大的艺术品。"

"但是如果偷走雕像的是罪犯，他为什么要留字呢？"莎普太太沉思着，"这不合理。"

"你是说这可能是当地人干的，讨厌雕像的人干的？"

"可能是这样的，虽然伍德斯托克的居民们看起来并不了解雕像的捐赠者。不，不对，如果他是当地人，他为什么会用涂鸦破坏他们宝贵的中央广场呢？这说不通。"莎普太太拨弄着她的金手镯，把它从手腕上摘下来又放回去。

"唔，我是这么想的，"沃特·皮莱说，"雕像的消失应该是一场游戏。亚瑟·维什在玩卡特游戏。他的计划很伟大：送出五个卡特雕像，但他大概不是一个受欢迎的慈善家，正直的人往往如此。或许，有人在芝加哥看到了他设计的卡特游戏，出于某种我们不知道的目的，他决定干涉。或许，他们来到了伍德斯托克，现在就在这儿，在玩儿他们的卡特游戏。"

"嘿，或许亚瑟·维什有什么不太光彩的历史，"汤米说，"很久以前做得不好的事情。"

莎普太太赞许地看着汤米："聪明！我也这么想。"汤米高兴地不知道该怎么回答，只好咧开嘴盯着地面。

"所以……卡特可能是卷进了某种形式的游戏，而那个游戏非常重要，所以他不得不离开，而且无法和我们联系。如果那是个游戏，他不会有事的——即使那是对亚瑟·维什开玩笑的游戏。我不觉得有人会在这样的地方策划什么真正的阴谋，你们觉得呢？"

这个问题没有得到回答，因为一辆警车正缓缓开来，最终停在戴安娜神庙前方。开车的警察摇下窗户喊道："有些消息，皮莱先生，不过不是关于你的孩子的，不好意思。"

沃特·皮莱露出失望的表情。警察清了清嗓子："那个在船里的男人，他是在竹林里被发现的——我总说我们应该把那里搜一下，果然有发现，我们找到了他并且已经确认了他的身份。他是个商人，叫亚瑟·维什，美国人。真希望他能活下来，你们听说过他吗？"

第二十八章

"在湖里发现一个美国人"的新闻很快就传遍了伍德斯托克。季诺斯利太太在肉摊买肉时不小心把鸽胸肉掉到了地上,这个消息让她有些失态。她双手捂在嘴上,在市场中心大叫起来:"哦,我的阿蒂!哦!可怜的孩子!"过了一会儿,在行人的帮助下,看上去濒临崩溃的季诺斯利太太总算慢慢走出了市场,走回她的旅馆。警察现在布满了整个镇子,两个警察跟着她回到了家。

季诺斯利太太在客厅坐下,哭了大约半个小时,嘴里嘟囔着"早知道这样"和"从不应该"。警探耐心地等待着,在季诺斯利太太把两个警察的手绢都弄得湿漉漉之后,她终于回过神来,讲出了这个故事:

她的外甥亚瑟·维什在美国长大。她的姐姐罗莎蒙德在芝加哥一所艺术学校上学,她在那里遇到了一个男人并嫁给了他。他很富有,但这并不是一段幸福的婚姻,他不允许他的妻子回到英国。"他知道她一回英国,就不会回美国了!"季诺斯利太太抽泣着,"她就像一个囚犯,就像另一个叫罗莎蒙德的女子一样!"她又吸了几下鼻子,"在那种肮脏的地方,看不到出路的格子状的城市迷宫。哦,我看过那里的照片!"

10岁的时候,亚瑟·维什被允许来这儿过暑假,一个人。在这里时他住在阿姨家。季诺斯利太太前后摇晃着哭着说:"他常常在皇后湖里钓鱼,他特别喜欢这样做!他喜欢这里的树林,这里的一切对于小亚瑟来说简直是天堂!"

"他——他——"又一轮眼泪掉了下来,警察们只能耐心等待。"他想给英国一点东西,你知道吗?他从来没有忘记伍德斯托克。他来拜访了我，然后告诉了我'弥诺陶洛斯'的事。我说我自己不是很喜欢它……"季诺斯利太太在裙子上擦着她的眼镜。"我告诉过他了。我不喜欢当代艺术，我告诉他，它不属于这里！"季诺斯利太太痛苦地摇晃着。

"但是我从来没有告诉我的邻居他是谁，我发誓！他说他想保持匿名，我从来没说出去过！"她又摇晃了几下。

"我不知道他是不是能意识到……作为一个在美国城市长大的人，他可能想象不到一个社区可以多紧密，多紧密……"季诺斯利太太语无伦次地说着，忽然大声哭起来，一个警探拍了拍她的肩膀。这时，他的手机忽然响了，他去厨房接了那个电话。当他回到客厅的时候，他的表情很严肃。

"很抱歉这样通知您，女士，但看起来，亚瑟·维什昏迷的原因是来自脑后的重击。这看起来不像是意外，有人击昏了他，然后把他拖进竹林。现在，公安局已经对此展开了调查，包括对杀人动机的调查。我们需要问您一些问题。"

第二十九章

在提供了关于亚瑟·维什的消息之后，警察把沃特·皮莱和莎普太太带回了伍德斯托克。莎普太太说她需要小睡，而沃特·皮莱直接冲向了医院。如果那个被伤害的美国人还有意识，卡特的爸爸想问问他，他有没有见过卡特。

那个神秘的欣赏班克斯的人，也就是"弥诺陶洛斯"的捐赠者的出现，两个卡特的失踪……好像现实中的一出恐怖的捉迷藏游戏。沃特·皮莱不知道他能不能认出亚瑟·维什。他是那个在广场上和卡特握手的男人吗？如果是的话，这可是一个不容错过的时刻。

佩拉和汤米走向小瀑布的方向，他们相信，卡特也会这么做。

那是一段很长的路。他们穿过由杜鹃花组成的茂密的花丛，发现在郁郁葱葱的叶子中藏匿着一个黑暗房间，他们闪身进入房间，却发现里面只有蜘蛛。他们走出来，穿过一个圆形、被缠着丝带的围栏围住的玫瑰花园，又路过一丛结着奇怪果实的树木和常绿的树木。接着，他们看到了有史以来见过的最大的树，旁边的牌子上写着"黎巴嫩雪松"。它和路一样宽，好像会永远不停地向上生长。

格利姆河欢快地跳跃着，越过许多粗糙的石头。一条瀑布冲下十几米高的小山坡，在山坡底部，一道窄窄的小桥正在接受修缮。桥上的木板已经消失了一半，桥被一个"禁止进入"的标志封锁着。佩拉和汤米走近那些石头，他们站在那里思考着。

"桥看起来状况良好，你觉得我们要过桥吗？我们应该走过去吗？"汤米问。

佩拉耸了耸肩反问道："卡特会做什么呢？"

汤米笑着说："他可能已经过桥了。"

佩拉点点头。

他们开始穿越那座桥，依靠金属链支撑保持着平衡，就和他们前一天从吱吱呀呀的楼梯上爬下来的时候一样。

"嘿！你们！"一个声音喊道，"快回去！"

一个警官从他们身后的小路走了下来，汤米和佩拉僵在了原地。他们身下的小桥开始疯狂地晃动，它摇晃着，咯咯作响。两个孩子尖叫起来，然后，他们周围的一切都变成了黑绿色——黑色，绿色，很冷。

佩拉掉进河里的时候，她的眼镜也掉了，当她在水面吐着泡泡寻找汤米时，她只能看到一片模糊的颜色。警官踏进水里（水只没到他的胸），紧紧地抓住他们两个，把他们两个拖出水面，好像他们是两个坏小孩。最后，三个人一起趴在了岸边的苔藓和海藻上。

"嘿！"汤米说，"快走！"

"我的眼镜！找不到了！"佩拉说，她的牙齿开始打战，"就在这儿，我掉进水里的时候掉下去的！我得回去找眼镜！我必须找到眼镜！我现在看不见东西！我没带多余的眼镜来！拜托！"

"我们得派一个潜水员才能帮你找到它，"警官坚定地说，"我得叫一艘船过来，好把你们俩带走。别在这附近转悠了，你们会冻死的，相信我。"说完，警官用他的对讲机说了几句话，然后，带他们沿着河岸走到瀑布的顶端，让他们坐在一块大石头上等着。

"但是如果她的眼镜被冲到下游呢？"汤米问，"我可以跳回去检查一下，那条河不深，是吧？"

"你会被冲走，孩子。不要年纪轻轻就不爱惜自己的生命。"警察说。

佩拉和汤米只好在大石头上紧紧挤在一起，他们觉得这样能暖和一点。佩拉看了瀑布的顶端一眼，她忽然模模糊糊地看到一道有颜色的光。

"汤米！我敢肯定，有黄色的东西在那块大石头上面。亮的，黄色的，你看见了吗？"

汤米转过身去看。这时，警察的汽船冲进浅浅的水流，搅起河底的泥土，把水弄得浑浊不堪。汤米和佩拉必须上船走了。警察给他们裹上厚厚的毯子，倒出他们靴子里的水，还给了他们一些暖身的白兰地。然后，船出发了，沿着格利姆河回到小镇。

迎接他们的是一张又一张惊讶的脸，一辆救护车也开来了。有的人看起来很担心，有的人很悲伤，有的人好像有点高兴。警车停在了旅馆前，在佩拉和汤米从车里往外爬的时候，周围很多人正在窃窃私语，也有人在说"哦，天啊"。没有了眼镜的佩拉不能肯定，自行车上那团黑色的"东西"是不是那个偷听他们谈话的女孩儿——但可以肯定的是，当她往旅馆走的时候，这个瘦瘦的、黑色的"东西"停在了人群的后面。佩拉努力看向那个方向，结果自行车又忽然消失了，只留下金色的头发。佩拉想起了昨天在广场偷听他们谈话的女孩，也是这样转身走开的。

莎普太太好像不在房间，季诺斯利太太的手机也没有人接。佩拉和汤米约定，先回各自房间洗澡和换衣服，半小时之后在走廊碰面。

半小时后，汤米看着佩拉。"你看起来不一样了！"他说。

"我知道，我头发还是湿的，所以我用一条讨厌的围巾把它包起来了。"佩拉看起来很窘迫，"不然会显得更蠢。"

汤米耸了耸肩："你现在看起来很像一幅画，一幅一个女孩越过肩膀往后看的画，你知道的，莎普太太的墙上挂

着的那幅画。"

"维梅尔?"佩拉的眉毛快乐地扬了起来，但她立刻就把脸别了过去，隐藏自己的表情。"好的。"她快乐地补充道，"我想用我的眼镜的问题去烦别人，说不定他们会允许我们回到公园。嘿，你把你的护照烘干了吗?"

他们走下楼梯，走上街道。汤米觉得佩拉的主意不错，佩拉也感谢汤米能和她一起去。他们的关系和前一天大不一样了，他们现在已经组成了一个新组合，一个在慢慢发挥出力量的组合。

第三十章

其实，那天下午在戴安娜神庙的人并非只有4个，而是有5个。

在沃特·皮莱、莎普太太、佩拉和汤米离开之后，一个球形的生物，带着和周围的黄色、红色不同的黑色，来到了四人小组刚刚所在的位置。它正在舔食被留在那里的小块烤饼，和刚刚路过这里的蚂蚁一样。

现在呢，帕米坐在瀑布的一块石头边缘，专注地盯着浅浅的水池。季诺斯利太太今天忙着烦恼她自己的事，忘了喂它。

啪，啪——一只爪子在奔流的溪水中伸进又抽出。啪，啪——它把一只爪子抽出，甩了几下，然后粗鲁地舔它。

它又这么来了一遍。忽然它看见水上漂流着一样东西。那个黄色的东西漂到一边，陷进一堆红色的叶子里，然后又漂回黑色的石头那边，来回滑动，好像一条小鱼。黄色的东西在水中闪耀着，流进一片蓝色，闪着明亮的白光。

帕米看着这一切。"喵。"它叫了一声，然后继续若有所思地眨着眼睛。

它看向高处，听到了汽车穿过公园的声音。它再次舔了舔爪子，然后转向了水池。

"喵！"它冲接近河岸的三个男人叫了一声。

"真是个大家伙，"一个警察指着帕米说，接着，他走过帕米，走下小山坡，戴上潜水用的面罩和氧气瓶，跳进瀑布脚下的格利姆河。另外两个警察在一边看着。而帕米呢，它回到水池边，继续伸着爪子：啪，啪，啪。

在断掉的小桥下，潜水者前后游了几圈。终于，他从水里跳出来，举起右手，在空中高兴地挥舞着佩拉的眼镜。瀑布的声音减弱了他的呼喊声，但是他爬上了岸，继续挥着。

当三个人开着警察的汽船远去的时候，帕米安静地坐在小河旁边，黄色的眼睛注视着消失在森林深处的警车。

季诺斯利太太非常焦急，她坐在摇椅上不停地摇——就像她的妈妈，还有妈妈的妈妈一样。她闭上眼睛，把头靠在椅子背上……亚瑟来拜访的那天，她很生气，她到底都说过些什么呢？

她的外甥曾经跟她说，他会送给小镇一件令人惊喜的艺术品。她曾经想过那也许是一个美丽的少女雕像，或许是布莱尼姆公园里的那些雕像，但是她看到"弥诺陶洛斯"的时候，她只能告诉她的外甥，这个雕像不适合小镇，不，它简直是对小镇的侮辱。但是他说，伍德斯托克人肯定会慢慢爱上它的，英国人很有幽默感，而且，花园里的那些

裸体雕塑可比这个离谱多了。她告诉他，他不懂。

"你不是伍德斯托克人，你不知道传统的重要。"她厉声说，接着，她刻薄地说："美国人总是喜欢把一切都搞乱，觉得有钱就做什么都可以，总是想把他们喜欢的东西强加给所有人。他们错了！完全错了！"

她能看出来，亚瑟很受伤。"所以，你反对，是吗？"他问，然后又接着说，"但是随着时间……"

"绝对不可能！"她打断了他的话，接着没有道别，就离开了房间，他也没说什么。那是两周之前，也是他最近一次拜访她的旅馆。想到这里的时候，季诺斯利太太的眼泪滑下了脸颊。

还有，那一天，亚瑟离开后，她又在小镇上说了什么呢？在她很生气的那天，她究竟说了什么？

每个人都在谈论——在茶店里谈论，在买洋葱和寄信的时候谈论。伍德斯托克的每个人都在交换着信息，没有什么可以逃过大家的眼睛。伍德斯托克以它自己的方法注意着每件事情。

季诺斯利太太回忆起一个从美国来的家伙，他是十年前搬到这里来的。他总是在大声地谈论如何改进这个，如何改进那个——水压、送餐服务、教堂礼拜……然后，他就失踪了……想到这里，她打了个寒战。寻人启事的布告已经贴在镇子上很久了，布告上已经被人留下了黑色的字"谢天谢地总算解脱了"。

那个美国人一直没有再出现。

亚瑟！她应该保护他的。但是他不会明白的，不是吗？好吧，至少她警告过他了。他到底还是个美国人，美国人会在意警告吗？他们从来不会懂得适可而止的道理。

还有，她刚刚从一个女孩那里得到消息，那是她的远房堂妹。她的爸爸打电话回家说，他这星期都不会回家，可能下星期也是。虽然是亲戚，但是季诺斯利太太知道那个女孩的爸爸纳什顿·瑞普，绝不是什么好人。自从"弥诺陶洛斯"出现在广场里，纳什顿就经常在镇子里议论它。现在，他也失踪了，和雕像还有男孩一起。不知道为什么，季诺斯利太太不想告诉沃特·皮莱，那个女孩会在她爸爸回家之前住在旅馆。哦，天哪，又一件需要隐藏的事！

为什么所有事情都乱套了呢？这真让人烦恼。

当眼泪从季诺斯利太太的眼睛滑落到她的下巴，她紧紧地闭了两下眼睛。

第三十一章

"你们两个从现在起不能进入布莱尼姆公园了，特别许可取消了。"警察从卡车里探出头，把佩拉的眼镜交给了她，然后就把头转到了一旁。"这里现在只有麻烦。"他说。

"谢谢你帮我找眼镜。"佩拉说，她低头看向地面，汤米正在踢着一颗鹅卵石。

"这样是对的，孩子们，踏实的地面就是你们该待的地方。不要再做无意义的调查了，我们会找到你们的朋友的，别担心。现在，请你们离开。就是这样，别在这里停留。"

"那维什先生呢？"佩拉礼貌地问道。

"在医院，科马医院。"警察说。

佩拉和汤米安静了下来。维什先生……他处在昏迷中，无法说话，无法解释。

卡车开走了。门口的警察转过身，背对着汤米和佩拉。

汤米从口袋里掏出那张地图，两个人看着地图，讨论了几分钟，然后走上了一条和公园墙壁平行的小道。

"我们扔硬币吧，"汤米建议道，"如果是女人头，你先进去，如果是国王，我先进去。"

"先进去的人要打开这儿的送货门，门里面可能有个插销。"

"好的，这很简单，准备好了吗？"汤米从口袋里拿出那枚古币，拍了拍它，然后又在裤子上蹭了蹭它。佩拉的嘴扭曲成一个要尖叫的形状，但是她忍着没有发出声音。

"扔硬币之前得把所有土都擦掉，"汤米说，"好啦。"他又吹了吹那枚硬币，然后把它在手里扣了扣。

"迷信？"佩拉问，汤米耸了耸肩。

"我来扔？"她问。

出乎意料地，汤米把硬币交给了她。

硬币摸起来很温暖。"我会让它自由落体。"她说。

"因为你抓不住它吧？"汤米坏笑着。

佩拉耸了耸肩，把硬币抛向空中，然后她往后退了一步，硬币在地上弹了一下，又在泥土里滚动了一阵。最终，是女人那面朝上。

"所以是我了。"佩拉说。

"一起吧。"汤米说，他把硬币塞回口袋。

附近的一扇窗户后面，有一双眼睛悄悄地注视着他们。汤米面向石头墙，把身体贴在墙上。他站在两辆停在那里的摩托车中间，佩拉看了看周围，然后爬上其中一辆摩托车的座位，摩托车摇晃起来。然后她把一只膝盖搁在男孩的肩膀上，然后是另一只。慢慢地，靠着墙，她在汤米的肩膀上站了起来。而他们身后那双眼睛，眨了一下又一下。

那双眼睛看着男孩抬头往上看了一眼，女孩连忙阻止他，"别！"

"快点！你很重的！"男孩说。

女孩抓住被青苔覆盖的墙的顶端，慢慢地把一只腿抬起来，越了过去。接着她停下了。"哦，我被卡住了！"她说。

男孩把手放在她的脚踝上，推了她一把。在一声"哦！"和什么东西落地之后，是一片安静。男孩焦急地看了看周围。"你还好吗？"他的声音不大也不小。

他安静地站在墙前面听着。半分钟过去了，门没有打开。"你还好吗？"他又大声问了一遍。在窗帘后监视着他的眼睛又重新亮了起来。

男孩等待着。他又喊了一声，但是依然没有人回答。很快地，一辆警车开过来了，缓慢地停在男孩旁边。男孩和司机说了几句话，然后钻入了后座。

当车开走之后，一张被卷起来的纸从墙头上扔过来。

第三十二章

掉下来的时候佩拉被摔晕了，她侧身躺着，呼吸有些困难。只是摔了一下，她想，一会儿就会好了。

忽然，一股气流进入了她的肺。她好像又能呼吸了。

空气很新鲜。她落在砖路上的一棵大树下面。她看不见建筑，小路两边种满了植物，路边茂密的树丛以一种不

友好的方式在道路中央相遇，就像勾着的手指。佩拉想，几百个勾着的手指。

她滚向另一条路，看着门。一摊水泥把锁覆盖住了。门被锁着，锁还被封死了。

"汤米！"她用她最大的声音叫道。一切都很安静，她只能听到微风掠过树丛的声音。

不！她不会害怕的。不过，为什么她和汤米没有想，万一只有一个人能过来该怎么办呢？他没有和她一起进入这个公园，一切都显得不对了。

她忽然想到了亚瑟·维什和他头部的伤，以及他躺在小船里的样子。像卡特一样思考问题，她提醒她自己。卡特还有汤米。她和汤米已经约定好了，汤米会来找她的。

忽然，她感觉到了她裤子口袋里鼓起的钢笔和笔记本。她坐了起来，背靠着墙。她潦草地在本上用她和汤米才懂的暗语写下信息，把它从笔记本上扯了下来，卷起这张纸，用三根草把它牢牢地系紧。然后，她把它扔出了墙。

佩拉匆忙地穿过布莱尼姆公园的那些树和灌木丛。光线开始黯淡下来，她周围的颜色在慢慢改变：湖变成了黑色，整个公园在夕阳中变成黄色。别看那些树，她对自己说，丛木里可能躲着人。她微微地颤抖着，拖着脚走过满地都是的红色树叶——这种燃烧的颜色现在让她联想到血。谋杀者一定很喜欢秋天，因为满地的红叶很容易掩盖血。哦！我在想什么呢？她摇了摇头。大雁向西飞去，她沿一条小路快步走着。

汤米被警察带回了旅馆。他们问他那个女孩在哪儿？

他撒了个谎，说她先回来了。

他从车的一边跳下来，友好地和警察握手，然后走进门厅。当警车掉头离开之后，他立刻冲上了大街。

他摸着他的硬币，在镇子里弯弯曲曲的大路和小路上穿梭。这里的路很少有直的，大部分都弯弯曲曲交错在一起，完全就像一个迷宫。当时为什么要这样设计道路呢？所有的街道都是从中心广场向外放射的。那个曾经有"弥诺陶洛斯"的中心广场，现在只有那两个单词了。

汤米知道佩拉会喜欢这个想法的，而且这也可以写成一首可以不断变化的诗：NO-MINOTAVR-ONLY-WISHES-HERE。

这五个词的位置可以不断变化，让你想到许多特别的事情。"希望"和"没有"构成了平衡，而"这里"和"弥诺陶洛斯"都让人惊奇，另外，"弥诺陶洛斯"和"希望"也配合得很好。他好像逐渐适应了卡特游戏。想出5件东西不是很难，而且，结果很酷。他明白佩拉为什么喜欢这个游戏了。

汤米惊讶地发现，他有点想她了。这真是疯狂的一天。

他在路上还发现了一些有趣的事情，但都是没什么帮助的——一个锡桶，一把断腿椅子，一条很长的红色纱线。然后他看到了它——一张坚固的长椅，可能是教堂不要的。它上面的一块板子已经断了，真是完美。天黑之后，他可以把它当成斜梯，爬过公园的墙。他从小路把长椅更深地推进草丛，还在它前面扔了一团报纸作记号。现在，已经看不清长椅的轮廓了。

他吹了个口哨离开长椅，然后回到了旅馆。他走上楼，敲了敲莎普太太的房门。

"进来。"她的声音有点嘶哑。

汤米打开门："莎普太太？"

"有什么要汇报？"她问，然后吸了吸鼻子。

"呃，没有，没什么，但是，是的，佩拉和我——好吧，我们在掉进水以后又出去走了走，现在我们都想睡个觉。"汤米说，"我们不吃晚饭了。"

莎普太太摘下眼镜，审视着男孩。"是的，我听说了那个小事故。我应该相信你吗？"她吸了吸鼻子，"啊啾！我感冒了。我在国外很容易感冒。"她声音低沉地说。

"没错。我是说……请相信我，还有祝您赶快康复。"汤米说。他的两只手深深地插在口袋里，他一只手紧握着蓝色纽扣，另一只手握着那个硬币。硬币已经被汗沾在了他的手心，甩都甩不掉。

莎普太太看着汤米的口袋："佩拉进屋我怎么没听见外面的地板有动静呢？外面的地板那么旧，走在那上面的声音应该像爆爆米花。"

汤米已经准备好了这个问题的答案。"您不是教我们跳出规矩思考吗？所以我们学会了怎样安静地走过地板，您知道，走在地板边缘，就不会出声了。"

莎普太太吸了吸鼻子，然后把头靠在椅子上，闭上眼睛。"睡觉很好，男孩。不过你们两个记得要赶上早餐，八点整。"

当汤米走出房间的时候，他敢肯定，莎普太太睁开了一只眼睛，盯着他。

这天下午，在沃特·皮莱把他的推测和警察分享之后，他被允许探望亚瑟·维什——维什仍然在昏迷当中。这个苍白、打着绷带的人就是在广场上和他儿子握手的人吗？他看不出来。当时，他只看到了那个人的背影。他记得，那个人把一件黑色的夹克随意地披在肩上。警察很肯定，在亚瑟·维什被找到的时候，他就穿着一件黑色的皮夹克。但是，在英国可能有很多很多穿黑色皮夹克的人。沃特·皮莱真心希望，当时他看得能再仔细一点。

他离开了医院。不过，一旦维什先生恢复意识，他会立刻得到通知。他大步走向布莱尼姆公园，毫无头绪地找寻着关于他儿子的任何踪迹。结果，他只找到了帕米。

那时已经是黄昏了，黑色的猫在瀑布边的一块石头上安静地坐着。

"回家吧，帕米，回家！"沃特·皮莱想起季诺斯利太太常说的话。猫瞪着他，叫了一声。它的叫声很大，听起来很生气。

帕米慢慢地举起一只爪子，把它放在水面上，然后摇了摇。它是在说"不"，还是在对水里的东西招手呢？

沃特·皮莱摇了摇头，又小声说了一遍："回家吧，卡特，回家。"他的第二个"回家"变成了一声呜咽。在这漫长而恐怖的一天过去之后，已经是卡特失踪的第四个晚上了。

四个晚上！难以想象卡特会出什么事，而沮丧的沃特·皮莱也拒绝去思考。他叹息了一声，转过身，开始抚摸身后的树丛里他能摸到的每一片叶子，就像这能帮助他找回他的儿子。

他想给伊维特打个电话，虽然她大概已经早早睡下了。她仍然在医院里，在芝加哥。他已经想好了怎么告诉她，警察今天什么也没找到，只找到了一个昏迷的男人——一个头部受了重伤的美国人。另外，这个昏迷的人就是雕像的捐赠者。这不是什么好消息。

而他今天又发现了什么呢？那只肥胖的独眼猫。现在是晚上。沃特·皮莱皱起了眉，很少有猫会大晚上的在水边逮鱼。

他摇了摇头，所有事情都显得奇怪而荒谬。他忽然进入了一个奇幻世界：神秘的猫，"吞噬"男孩的普通英国村庄。

第三十三章

四天之前的下午，卡特就站在这里。接着，他开心地走向迷宫。

现在，是佩拉站在这里。在这片土地的边缘有很多低矮的植物，也有很多古老的树木。下午，她和汤米计划重新探索迷宫。这里有很多符号，可能是一些卡特看得懂的符号。他经常用符号设计密码，他可能会把迷宫当成另一种密码。

汤米和佩拉想，如果这里真的包含着什么可以解开的谜，他们一定要再到这里看看，仔细看看。现在，天还没有全黑。隔着一段距离，佩拉看到了菜园的砖墙。

早上，当她和汤米走向迷宫的时候，她也看到了这些树。不过那时它们并不让人害怕。现在，她只能独自面对它们，而它们好像活过来了。缠绕的形状好像有爪子的守卫，又像被愤怒的力量冻结的人，一切都充满神秘。橡树看起来像在说："看！我不是树！"

她努力把这个想法赶走了。别这么孩子气，她严肃地对自己说。

她把一只手放在一棵树的树干上，轻轻拍了拍它，像在表示友好。树皮很厚，里面是中空的。黑暗的树洞看起来很吓人，就像一个巨人的大嘴。现在，她看到了一根长长的、断掉的"鼻子"和两个细长的、畸形的"眼睛"。

她想，她绝对不要爬进去，不管为了什么都不要。她听到了男人的咳嗽声，还有一阵低语。声音是从哪儿来的呢？她在四周走了走，检查了四个方向的阴影。有两个人，不是穿警察制服的人，很快地走过菜园的大门，向她这边走来。他们的脸藏在阴影里，双手插在口袋里。

没有选择了。她以最快的速度躲进了树里。在那一刻，她愿意付出所有的一切，回到汤米的旁边。

在太阳彻底下山之后，汤米飞快地冲出了他的房间，返回那条藏着长椅的小路。伍德斯托克没有什么街灯，高高的砖墙投下了深深的黑影子，汤米抖了抖，一头扎进了黑暗。

搬动长椅比他想象得更难。它很长，很重。他沿着小路走了短短一段，然后看到一幢房子的后院有个手推车。如果他能拿到它……

他的心跳着。他潜入那个花园，抓住手推车的两个把手，努力拉它出来。手推车每移动一点，都会发出巨大的噪音。汤米不安地停下，然后推着车走两步，再停下。他不断地回头观察着房子。房子里好像没开灯。真幸运，这家人一定是在厨房做饭或者吃饭。

他屏着呼吸，走回放着长椅的那条小路，把长椅拖到了手推车上，用一只膝盖保持着它的平衡。木头和金属愤

怒地摩擦着，他知道自己的行动正在制造巨大的噪音，他无法把它拖过小镇，回到佩拉越过的那道墙前面了。

除非……那天下午，在等佩拉开门的时候，他看到了墓地的一个后门。门外是一条蜿蜒的砖石路，沿着墓园一直延伸到镇子中心的大街。他可以走那条路，不过，是走向相反的方向。

嘿！他给自己打气。墓地只是墓地，只是一些石头，石头和骨头。

咔，咔，咔。他把小车一直推到道路的尽头，停下来喘了口气。他在那里休息了一会儿，数到十，嗯，路上没车，他拉起车向前猛冲。

一，二，三，四，五。一辆汽车突然驶过来，他被吓住了。他避开车头灯，所幸，汽车很快驶过，街道又恢复了安静。

一片树叶在围着那几个黄色大字的警戒线下落下。远远的，一只狗叫着。一扇门开了，接着砰的一声重新关上。他想到了卡特，独自一人。佩拉也是，独自一人，在布莱尼姆公园。他忽然觉得他勇敢了一些，大家都在危险的处境下。现在，除了努力向前，没什么别的能做的事情了。

他抓住手推车的扶手穿过了大街。每走几步，他就需要用膝盖推动长椅。到达墓地黑暗的入口几乎是一种解放，真的。

第三十四章

男人走向佩拉藏身的树，用手电筒胡乱扫着四周，光芒在周围跳跃。不过，周围很快就恢复了黑暗，比佩拉料想得更快。真幸运。她控制着呼吸，把自己贴在树洞的深处，试着不去想是什么东西爬到了她的头发和背上。

忽然，一阵风吹了过来，它扫过树的顶端，树叶发出颤抖的声音。佩拉专心地偷听着。

"是那个男孩的。"一个人说。

"你这么认为？"另一个人说，"没找到，可能已经死了。"

这些词丑陋地跳跃着，尖锐地撞击着。"可能已经死了，可能已经死了。"

他们说的或许是亚瑟·维什，而不是卡特吧。不，她无法想象卡特死了。她知道汤米也不会相信的，汤米！他们说的是汤米吗？如果有人能把一个成年男人击昏，他们也可以轻松地打倒麻烦男孩汤米。恐惧爬上了她的后背。她知道此时此刻，世界上没有一个人知道他们三个人都在哪儿。"已经死了，三个都死了。"她的眼前忽然闪过这些话。

男人走过她藏身的大树，走向湖边。她悄悄跟了上去。现在，风又刮起来了，而且更强了。它吹向她的脸，阻止她前进。她站在树旁边深深地呼吸，告诉自己要尽快跑向菜园的砖墙。

只是有点黑，不是吗？太阳下山了。当她拖着沉重的脚步走向菜园的门口时，她这样提醒她自己："只是黑暗而已，我们三个人都很好。"她一遍又一遍地对自己这样说。

今晚，他们会找到他的。她和汤米可以救出卡特，她坚信。她走进古老公园的阴影中，但是，有冷冷的东西突然抽打上她的脸，她尖叫着摔倒了。

在墓园里，汤米推着沉重的推车，又没有手电。这一切真像是个噩梦。汤米一边艰难地前进着，一边低声骂遍了他知道的每一个脏字。这让他勇敢了一些。墓园里的砖路真是想象不到的难走。因为刚下过雨，小路很滑，曾经平坦的砖，现在也翘成一个危险的角度。砖下面都是烂泥，每走几步，手推车的轮胎就会在砖缝里卡一下。有些砖甚至消失了，在路中间留下一个大坑。

长椅撞上一块墓碑，摔下了推车，这里好像有什么诅咒似的。汤米看向周围，幽灵似的阴影盘踞在墓园的每个角落。黑暗中，白色的墓碑显得更诡异了。没有什么是直的，有的墓碑倾斜着，有的墓碑陷进地里，树木缠绕扭曲着，一切看起来都非常吓人。英国的一切都是古老的。汤米发现，他忽然很想家，他想念那个没有谜的世界。没有古老、阴森，没有那个神秘可怖的公园。

一辆车驶过大街，它从教堂前驶过，车灯拖出一条弯弯曲曲的楔形阴影。阴影穿过墓园，一个墓碑顶端的黑色三角开始上升，就好像被从底部推上去一样。汤米明白那是不可能的，但他的心还是在剧烈地跳动着，忽然，他的心理防线碎裂成了恐惧的碎片，他想到了瘦骨嶙峋的手指，因被打扰而生气的鬼魂要把他吃掉了……"新的，新。"他用力想着，好像这是能阻挡那些鬼魂的咒语。

"老的，只有老的。"

靠着不知道从哪来的一股力量，他奋力把长椅拖回到推车上，蹒跚地走向后门。

当他尽可能快地在坟墓中穿行时，从背后监视着他的眼睛也一直没有离开他的背影。

第三十五章

当汤米爬过墙，进入布莱尼姆公园的时候，一辆很大的吉百利公司的运输卡车刚好停在了离正门不远的花房后面。车里的五个人都又累又饿。在几个小时的争吵之后，他们决定取消那个卖掉卡特雕塑的计划，他们不想进监狱。他们把雕塑用干草包好，装在了卡车里。

一个接一个，五个人从卡车里出来。第一个人走向伍德斯托克，第二个走向右边，第三个穿过田地，第四个爬上公园的墙，第五个搭上了一辆车。

大家都觉得被雇他们的美国人骗了，他们都讨厌成为别人游戏里的棋子。

两个小时之后，一个当地的农民打开了卡车的车厢。车厢上写着：吉百利你的梦想，我们做到了。它停在他邻居家的田地里，而他的邻居不在家。

在车里，农夫看到了很多的草。风敲打着卡车的门，卡车的门撞着卡车，而干草不断从里面飞出来，飞向附近的篱笆和田地。

卡车里只有干草。他耸了耸肩，可能是个玩笑吧。

那天早上，他叫来了警察。

第三十六章

"掉。"

虽然他只说了一个字，但是房间里的所有人都鼓起掌来。

"亚瑟! 亲爱的! 我是阿姨, 是的, 你掉下去了, 宝贝!"

亚瑟·维什摇了摇他的头。"掉,"他说,"下。"

"是的! 你掉下去了!"季诺斯利太太说道,"你可以先休息一会儿, 再告诉我们发生了什么。现在就好好休息吧。"

一个警察从门口走向床边, 他拍了拍季诺斯利太太的肩膀。"虽然可能有些冒犯, 女士, 不过, 那个男孩, 我们需要问问他见没见过那个男孩。"

"哦, 是的, 那个男孩。"季诺斯利太太焦急地说, 从椅子上站起来。警察坐在椅子上, 上半身微微靠向床上的那个男人。

"你见过一个叫卡特·皮莱的男孩吗? 可以告诉我们他在哪儿吗?"警察问。

亚瑟·维什努力睁开一只眼睛, 每个人都屏住了呼吸, 但是他很快又把眼皮合上了。"掉下,"他又说了一遍, 两只眼睛都闭紧了。

"瀑布, 们。"他嘶哑地说。

季诺斯利太太听到了那个"们"。她疑惑地看向他。"秋天们? 瀑布们? 亚瑟你在说什么?"

"可能他是说'错误', 女士。"警察勇敢地说。

"哦! 别乱猜了!"季诺斯利太太生气了,"我了解我的亚瑟!"

床上响起了微弱的鼾声, 亚瑟·维什很快睡着了。

走出医院的大门后, 季诺斯利太太陷入了沉思。亚瑟想说什么呢？

秋天、掉落还是瀑布？（英文 fall 有秋天、掉下、瀑布多种意思，所以人们不明白他具体想表达什么意思。——译者注）亚瑟用了"们"，那么他说的 fall 指的是瀑布吗？当然，可能他想说的是，他们摔下来了，但是他为什么要说这些呢？"们"又是什么呢？如果说是瀑布的话……伍德斯托克附近只有一个瀑布，那就是公园里的大瀑布。

季诺斯利太太回到厨房，给自己泡了一杯茶。她忽然想起帕米还没回来。她一边思考，一边一遍又一遍地搅动着糖，直到茶变得冰凉。

终于，她想起了些什么，那是她之前没有想到的。

当亚瑟还是个小男孩的时候曾经来过伍德斯托克。那时，他在布莱尼姆公园里待了很久。在美国的大城市里长大——季诺斯利太太无法想象那种生活，一点也不能——亚瑟觉得小镇的自由生活更让人愉快。

他喜欢钓鱼，喜欢在湖旁边的石头周围玩儿。有一天，在大瀑布附近玩了几个星期的亚瑟发现一个老人正在向他招手。亚瑟很快地跑了过去。

"这周围有很多秘密，小伙子，"老人说，"关于神奇的大自然的秘密。"

接着，男人告诉了亚瑟一个关于马尔堡公爵的故事。在两个世纪之前，瀑布里曾经隐藏着一个神秘的平台。这是一个杰出的建筑，但是，它最终被埋在了石头里。问题是，它是完全消失了吗？还是，它依然在那里，只是被瀑布隐藏起来了呢？

季诺斯利太太现在想知道，亚瑟是不是给那个男孩讲了秘密平台的故事？他们可能一起去了瀑布，然后……发生了什么呢？如果男孩掉进了河里，他自己是能爬出来的。格利姆河不是很深，又不宽，而且河水又流得很慢。到底发生了什么呢？如果不是男孩掉了下去，亚瑟又在说什么呢？还有什么他从来没有告诉过她的秘密吗？

季诺斯利太太的思绪和她的茶勺一起旋转着。

真可惜，她现在不能和她的邻居分享自己的想法。不，那个可以陪她聊天的人会回来的，很快就会。

那天晚上，沃特·皮莱推开前门的时候，季诺斯利太太已经等他很久了。她的脸颊发红，快速地搓着手，好像她在疯狂地揉搓她手上全部的关节。

"快点，我们该走了！"她说。

当汤米从墙头上掉下来摔进一片黑暗时，他觉得自己好像掉进了一个深深的洞，或者，更不幸地，他摔在了一块石头上。如果他受伤了，不会有人知道他在哪儿，甚至不会有幽灵知道。好吧，他绝望地想，现在，我们三个一样了，都在这片原始狩猎区里失踪。他从树丛里站起来，拍了拍酸痛的膝盖。至少他从墓地里逃出来了。但是，迷宫里会有鬼魂吗？汤米摇了摇头，决定不去想这些疯狂的事情。

他的硬币！他把手插进口袋，摸到了那个小小的、圆圆的、带着一点他的体温的东西。他紧紧地把它握在手心，想起了卡特和他的拼板。汤米决定，这个硬币是他的幸运硬币。

卡特的拼板也能带来幸运吗？这两天，他好像越来越像卡特和佩拉了：首先，他注意到了硬币上的数字的意义，

然后，他发现它们的和是 5 的倍数。

佩拉会明白他对硬币的感觉的，还有它包含的能量。汤米决定，如果硬币真的属于他，他不会把它卖掉换钱，至少最近不会。佩拉会尊重这个决定的，因为它是他的护身符。汤米想起了荷西小姐说的幸运石：一个圆形的石头，上面有两个交叉的环。这让他想到了广场上那两个黄色的单词中间那两个交叉的"I"。他握紧了硬币，用他全部的力量"希望"着。

他站在黑暗的树林里，风从他的头上拂过。树枝相互抽打着，在四周断裂着，汤米忽然感觉到强烈的孤独和恐惧。

他离墙远了一点，因为他发现自己在想：离开，树林总会有尽头，然后就能知道自己所处的位置了。口袋里的地图现在已经没有用了，因为你根本看不清。自己应该能在迷宫里找到路吧，佩拉独自待在这样的公园里，应该也会害怕吧。为什么在她翻墙进来之前，他们没有好好计划一下呢？这是他们一起做的最大的蠢事。想到这儿，他有点激动。

汤米开始前进，在大树之间移动。他把一只手插在口袋里握着硬币，同时在心里数着台阶的阶数。

八，九，十——咔！忽然，他踩断了一根树枝，被绊倒在地。他趴在地上，裤子被树枝绊住了，他的一条腿被压在身下无法动弹，有什么虫子咬了他的胳膊肘。他是掉进了动物陷阱吗？他小心地试着活动他的手脚。

就在这时，他听到沉重的脚步声穿过树枝和树丛向他这里走来。那应该是个大块头。汤米瞪大眼睛，不敢再动。

一步，又一步，那个人越来越近了。汤米静静地躺在那里，听着那人粗重的呼吸。脚步声的主人好像也在注意着周围，一步又一步，接着，是突然发出的尖尖的声响和低沉的咆哮。

那是人类吗？汤米紧张地思考着。英国的这个地区是不是有熊呢？还是……很久以前就被关在这里的狼人今晚正好跑出来了？汤米紧闭上眼睛，好像这样那个"东西"就能消失。他抓紧硬币。我希望那个东西消失，他对自己强调着，我希望他消失。

一步又一步……脚步声远去了。汤米躺在那里，告诉自己要勇敢一些。他听到头上的树枝在叹息，远处，有什么东西正在响，听起来像是大型的手推车。难道，在夜间运送东西经过墓地打破了什么古老的法则？现在，一个生气的鬼魂推着刚才那辆手推车来找他了？一切皆有可能。

地上的汤米开始匍匐前进。

实际上，那天晚上除了两个芝加哥小孩，的确还有其他人在公园里。

佩拉刚刚被一道很矮的栅栏绊倒了，她正在菜园里脸朝下躺着，她睁开了一只眼睛。

视野里似乎没有人。她只是被绊倒了吗？有人在她背后吗？她应该动吗？

接着，她发现自己正看着一栋小小的房子上的一扇小小的窗户。房子旁边是一间小小的教堂。她好像是一个来到了微型世界的巨人，这个想法让她有点想笑。她终于放轻松了一些。她抬起头，想看看是什么打中了她的脸。

常春藤，只是一根从墙上垂下来又伸出来的常春藤。她松了一口气坐了起来。

她正在白天看见过的那些小镇模型的旁边，那时，她和汤米正在吵架。她现在真心地希望有人能在那些房间中走动——现在，已经没有什么不可能了。但是，这里只有风，在菜园的墙外呜咽的风；漆黑的影子，还有黑暗而高大的树篱迷宫。一个巨大的、空旷的世界包围着一个小小的、荒凉的世界。

她应该在哪儿等呢？她知道汤米会来的，她只是希望他能快点来。她听到一个声音在低哼，一个男人在咳嗽，还有自行车的响声。或者是两辆自行车？

声音逐渐近了，是警察吗？在骑车的警察？如果是这样，她应该出现吗？

声音停止了，佩拉听到一声沉闷的撞击，一阵咕哝，然后是另一个人的声音，两个人好像在打架。接着她听到了一个沉重的呼吸声。"傻瓜！"有人说。那两个人都既惊讶又生气。

又过了一会儿，佩拉觉得自己已经不会思考了，她在跟着她的脚走，就像夜晚的风一样，她穿过了菜园。

她来到了迷宫黑暗的入口。

第三十七章

偷卡特雕像的五个人中，有两个是老朋友。他们知道，真正的犯罪现在才刚刚开始。

当在伍德斯托克的郊外把那辆卡车扔下的时候，每个人都知道，这是他们有生以来最疯狂的一天。他们有两个选择：是卖掉这个可怕的东西，还是带它走。

在车厢后面，有两个人独自计划了起来。一个人不出声音地说了"奖励"两个字，两个人把目光投向了布莱尼姆公园。他们点了点头：如果把雕像还给警察，警察一定会好好感谢他们。

在五个人走向五个方向后的半个小时，这两个人回到了卡车外面，小心地把"弥诺陶洛斯"拖上了一辆马车。

雕塑非常重，但是他们知道该怎样挪动它直到雕塑被稳稳放上马车。接下来，他们把一块长长的塑料布盖在雕塑上面，塑料布上写着"泰晤士河谷警局——不得干涉"。他们用警戒线把雕塑紧紧地捆扎起来，这让塑料布上的字也扭曲了。他们用一种专家的架势，一圈又一圈地把雕塑捆得结结实实。

"就是这样了，这会少点儿麻烦！"小个子男人气喘吁吁地说。

身材高大的男人点了点头，往地上吐了一口口水："比起把那个可怕的涂鸦围起来，警戒线在这里还比较有用！愚蠢的警察，好像涂鸦真的有什么意义！蠢货！"

"起风了。"小个子男人说。

"那就出发吧，一秒钟也不要耽误，我们去公园大门。"大个子男人摩拳擦掌，好像在期待着一场拳击比赛，他说："待会儿咱们这样：我们把车停在一边，朝警卫丢一把石子，他会拿着手电筒出来，我们把他给打昏，然后我们就进去了，这没什么难的。"

小个子男人笑了："对，就是这样！没什么难的！"

两个人出发了，他们拉着马车，好像他们是马。大个男人在前，小个男人在后。马车在路上缓缓地前进，他们粗笨的影子投射在公园的古老石墙上。

"可以让乔治上个好点的学校了。"大个男人咕哝着。
"弥诺陶洛斯"真的很沉，他必须耸着肩才能拉动它，这让他看起来像个怪物。

"八字还没一撇呢，你就开始做美梦了。"另一个人说。

"谁做美梦呢?"

"你!"

男人停下了，大口喘着粗气，又大口喝了几口威士忌。他们把马车拖进布莱尼姆公园正门边的树丛里。他们发现，整个过程中没有车经过，没有从酒吧出来的晚归的人，甚至没有狗，守门人是一个在警车里睡觉的警察。这真是一个奇迹。

"他的幸运日。"男人低声咕哝道。

他们没有多说什么废话，而是用最快的速度路过警车，冲进公园里面。两个人用着全身的力气拖着、推着那个庞然大物，走过公园里长长的、直直的路。

他们走上坐落在格利姆河尽头的石头桥。他们计划：如果警察突然出现，他们就举手投降，说他们在马车里发现了雕像，现在，他们只是想把它转移到安全的地方。这样，他们仍旧能获得警察的奖赏。如果警察没有出现，他们就在桥的顶端把雕像卸下来，然后把马车推到河边，推下湖，这样，车就可以消失得一干二净。然后，他们就把遮盖塑像的塑料布和捆绑塑像的警戒线堆在灌木丛里，守着雕像，直到天亮。

他们会对警察说，他们是刚刚进入花园的，准备钓鱼——这是伍德斯托克人打发时间的主要活动——然后，他们找到了雕塑。他们觉得不能把它留在这里，但是他们又没带手机，于是只好在警察到来之前，守护着这个珍贵的艺术品。

总之，他们都是好市民。每个人都知道，他们的祖先们曾经侍奉过几代国王，在伍德斯托克完成着他们的任务，现在不也如此吗？他们会成为英雄，而且是富有的英雄。

第三十八章

远远的，汤米听到水花溅开的声音。那好像是流星跌落天空的声音，很大。现在，远处又传来了叫喊声。他开始担心起来，在树与树之间焦急地跑着。是不是有人把佩拉扔下水了？或者卡特？佩拉会游泳，但是卡特是出了名的怕水，他太瘦了，他永远都会在水里发抖。

想到这里，汤米发现那大概不是一个人，或者两个人掉下去的声音。那声音太大了。所以，那大概是……汽车？可能是警车掉下去了。

他冲出树林，跑到一块空地的旁边。在这里，他能看到著名的范布勒桥，那是通向罗莎蒙德水井的最大的桥。警车从两边逐渐接近发出声响的地点，黑色的影子正由小镇的方向往这里跑来。手电筒的光在闪，车头灯也在闪。

汤米想不出究竟是什么大家伙掉下去了，他只能看到一道巨大的波浪滚向瀑布和格利姆河。

在那声巨响响起的时候，帕米正在树丛中游荡。当巨浪滚过它曾经坐过的石头，它好奇地跳到河边去看。水在水塘里打着旋涡，撞着旁边的大石头，当它到达瀑布边缘的时候，就会形成带有泡沫和泡泡的浪尖。

在那股巨浪过去之后，有一片小小的、滑滑的东西在那块石头上闪烁着。那是一块塑料碎片，即使在夜色中，你也能很容易地辨别出它的颜色。

黄色，那是一块黄色的碎片。

佩拉正在迷宫里，在菜园高高的砖墙后面，她并没有听到这一切。她要求自己缓慢地前进，经过前面每个路口的时候，用心记住那些路。她必须记在心里，这样她才能快点跑。

忽然，她停下来细细聆听：在墙的另一边，也有人在走动？或者……不，太可怕了。怎么会有人在午夜静悄悄地跑到公园，进入这个迷宫？只有疯狂的人才会这样，一个疯狂的人。比如，是谁击中了亚瑟·维什的头？谁让卡特消失了？这些疯狂的想法在佩拉的脑海里不断翻腾，好像鱼缸里上升的泡泡，无法停止的泡泡。

她慢慢地走，记着转过的方向"右—左—右—右—左"。她告诉自己要集中精力，除了下一步，不去想别的。

每个下一步。

一步又一步。

她试着把思绪拉回脚下这些阴暗的小路，试着把它们想象成一个卡特设计的拼板迷宫。不管怎样，任何迷宫都会有出口的，不是吗？

她转过一个弯，勇敢地走上一条她没有印象的路。她在一本书上读到过，迷宫就像生命，包含着惊喜和选择，左……右……最后是未知的终点。在一个由符号构成的迷宫里旅行，这真棒！佩拉被这个想法惊住了。这好像是卡特会喜欢的想法：一个概念和另一个概念相互配合。但是，

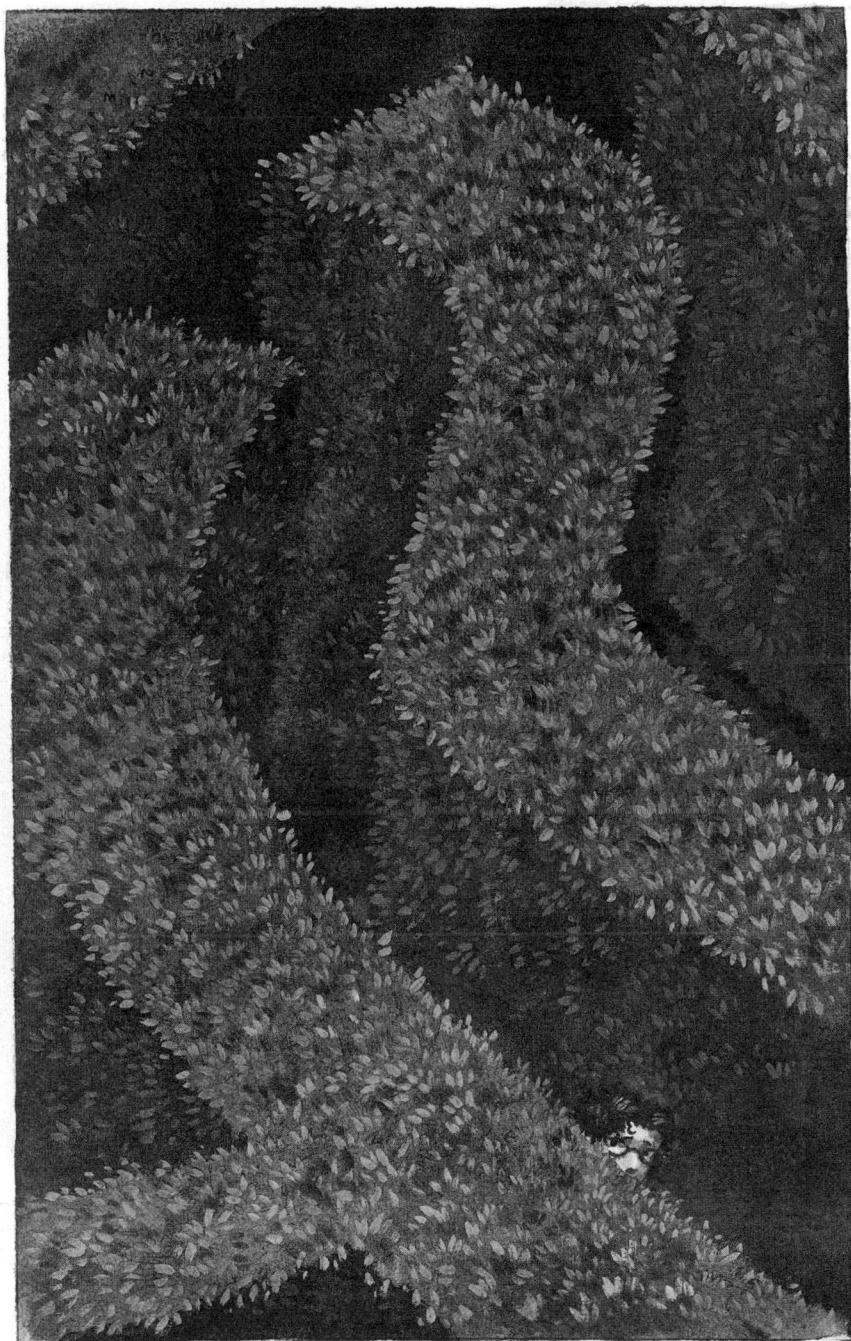

他应该没有在半夜一个人走过这个迷宫。

或者……卡特走过？那又是什么时候呢？

佩拉听见，有什么东西正在轻柔而缓慢地移动，就在墙的另一边。

不，她坚定地告诉自己，那是风，这只是风吹过这些绿色隧道的结果，一阵强劲的风吹乱了树丛。然后，她听到了树枝断裂的声音，接着又是一声。

她僵住了，她的心剧烈地跳动着。她应该往回走，还是继续前进？"左边"和"右边"在她的头脑里混成一团……是走这边，还是走那边？左、右、右、左……这些词究竟是什么意思？它们好像噩梦里的路牌。为什么她要走进这个迷宫呢？现在她被困住了！

为了朋友，佩拉努力抗拒着这股恐惧。现在，汤米也独自在这个公园里，他不会害怕的。或者说他能假装不害怕。卡特会怎么做呢？他会想出一些谜，让自己恢复平静。"被困住了"……忽然，佩拉发现，她的名字就藏在"被困住"里（被困住的英文单词是 trapped，佩拉的名字是 Petra，她名的 5 个字母都在 trapped 这个单词里。——译者注）。天哪！不，她对自己说，你的名字不在那里面。然而，在一个符号组成的迷宫里，你往往听不到自己劝自己的声音，一点也听不到。

这一切都是真实的，不是游戏，真相有些残酷：那个和她一起在迷宫里的人最终会抓住她，而且，没有人能听见她喊"救命"，真不走运。

佩拉的腿在发抖，她在小路的中央坐了下来。汤米会在哪里？或许，他没看到她的纸条。佩拉爬向最近的树丛，把自己挤进了最矮的树丛中。她把头靠在树干上。希望……希望……如果还有可能。

三个孩子中的两个正蜷着身体。另外两个——不是蜷着身体的那两个孩子，正在满怀希望地期待着。

亚瑟·维什的名字和广场上黄色的两个单词开启了一串新的线索。

第三十九章

这天晚上，莎普太太有了一些新发现。

在伍德斯托克图书馆，她借了一些关于布莱尼姆公园的历史和地理的书。在过去的一天半时间里，她一边读这些书一边计划着下一步的搜索。

她知道，男孩卡特喜欢谜，他对图案和谜语很敏感。他也喜欢数字，而且，她敢肯定，他对数字的理解也比大部分人深刻。

谜，她找着关于布莱尼姆的谜。不过，现在她还没有一点头绪。卡特雕塑消失了，但是她不能肯定卡特和这件事是否有关系。或许他是因为对别的事情感兴趣而不小心靠近了危险的中心。可能他踏入了什么禁区。

但是，亚瑟·维什又和这一切有什么关系呢？

她想到了弥诺陶洛斯、亨利、罗莎蒙德以及布莱尼姆的两个迷宫，一个是神话世界中的迷宫，另一个则是真实存在的迷宫。游戏和神话……它们是古代的神话，一个关于勇气、复仇、爱和失去的故事。它们给人们带来欢乐，也给人带来痛苦。神话会在某种巧合下变成现实吗？这真是个荒谬的想法，太异想天开了。但不管怎样，她拒绝接受卡特可能已经死了。

那天傍晚，她把这段话又读了一遍：关于大瀑布后曾经的观景平台。她迅速地穿上鞋子，走过门廊，敲着孩子们的门。她应该早点发现的：他们走了。

接着，她穿上了自己最方便走路的鞋子和她带来的所有暖和的衣服。她走向布莱尼姆公园，现在一秒钟也不能耽误。她走过那些鹅卵石，她的影子轻轻地滑过那些墙，那些安静的窗帘。有那么一两次，她停下来认真地听，关注着身后的动静。

那是什么声音？她好像听到了什么，是落叶的沙沙声？她希望不是有人在跟着她。她知道，在这种小镇，很多小事都不能躲过人们的眼睛。她也知道，奇怪的事情会发生在任何可能打扰这里的安静的人身上。

第四十章

季诺斯利太太正站在拱门前——小镇通往布莱尼姆公园的道路的起点，紧紧地抓着沃特·皮莱的胳膊。在这条黑暗的小道上，他们商量好了一会儿要对警察说的话。他们刚刚转过最后一个转角，就听到巨大的"扑通"声。

在一片尖叫声和混乱之中，把守大门的警察没注意到有两个人偷偷溜进去了。

在两个人消失在黑暗中几分钟后，一个拄着拐杖的老太太也慢慢地走向了同一扇大门。

当波西·季诺斯利和沃特·皮莱到达小桥边，那里已经停了至少五辆警车。没人能搞清楚是什么东西或是什么人掉进了湖里，但是每个人都看到了桥边空空的手推车。一团警戒线被堆在推车上，从车的边缘垂下来，好像在派对结束以后被拆完的礼物。但是，这是什么派对呢？礼物又是什么呢？

"在大瀑布后面可能有一个秘密的房间，男孩卡特说不准就在那个房间里。"就在侦探们正在思考季诺斯利太太和沃特·皮莱的话的时候，莎普太太也来了。她也支持他们的理论，她还告诉了大家另一个坏消息：另外两个孩子也不见了，他们没留下纸条告诉大人他们去了哪儿。

"但是，很显然，"莎普太太很肯定地补充，"除了这个公园，他们还能在哪儿？"

警察们的对讲机骚动起来，一个新命令很快被下达了。卡特的爸爸、季诺斯利太太和莎普太太钻进同一辆车，很快，这辆车就行驶在通往大瀑布的路上了。每次颠簸的时候，莎普太太的手杖都会戳进前面座位的后背。司机显然不太了解他这位年长的乘客，他以为她只是不小心而已。

四个人在瀑布的顶端钻出车子，一个圆圆的、黑乎乎的形体忽然冲出阴影，"喵"地叫了一声。

"帕米！亲爱的！你去哪了？淘气的小家伙？"

黑色的毛球没有回答季诺斯利太太的话，它开始攻击季诺斯利太太的围裙口袋里掉出来的碎片。它没有注意到自己引起的骚动，只是若有所思地眨着它的独眼，环视四周，舔了舔胡须，又舔了舔一只爪子。它慢慢地、优美地移动，越过一块石头又一块石头，走向一块离海滩有一段距离的大石头。他冲向一边，闻了闻那片掉在石头上的小

小的塑料。

啪！啪！它用爪子拍着那块碎片，温柔地把它移向一边。啪，啪！

"看上去，它在钓鱼。"一个警察评论道，"我之前见过它，它当时正在把什么东西从水塘里捞出来，看起来它成功了。"

接着，他们听到了从森林里的小路上传来的脚步声，那脚步声很快，好像是谁在跑。当汤米冲进车头灯的光里，每个人都转过了头。

"佩拉在迷宫里……有什么东西在森林里移动，很大的东西……"他喘息着说，出乎大家意料，甚至出乎他自己意料的是，莎普太太给了他一个大大的拥抱，汤米也出乎自己意料地拥抱了她。

接着，在可以说出什么之前，沃特·皮莱又给了他一个拥抱："真高兴你还活着！"沃特·皮莱抱起汤米，把汤米抱离了地面。然后，汤米看见了石头上的帕米，还有它爪子边一个看起来很熟悉的东西。

"等等！那是什么？"当汤米重新站在地面上之后，他以最快的速度喊道。

一道手电筒光照射在瀑布的顶端，帕米的眼睛亮了起来。"是拼板！"汤米大喊，"那是卡特的拼板！"

沃特·皮莱疯狂地冲向了那块石头，这让帕米咆哮了一声。

接下来，是一阵"毛的旋风"，一块滑滑的石头，一个已经扑进水里的父亲，湿透的头发贴在他的头上。他疯狂地游向岸边，每个人都喊叫起来。

"退后！"

"哦！亲爱的帕米！"

"那个男人疯了！"

卡特的爸爸钻出水面，又是哭又是笑。他高高地举起那片小小的黄色塑料，每个人都在他亲吻它的时候别开了脸，接着，他把头垂下来，慢慢地沿着水岸跋涉。

大家都不知道，发现破碎的拼板是好消息还是坏消息。

第四十一章

当沃特·皮莱和汤米一同检查那个黄色的拼板碎片时，周围一片安静，只有他们俩激烈地讨论着，拼板是不是卡特故意留下的信号。但这样的可能性很小。大家都知道，无论在什么样的情况下，哪怕是被逼迫，他都不会丢下他的拼板。除非……但是没有人敢说出那个最坏的猜测。

一名女警察正在警车里用对讲机报告现在的情况，她说了一半，就关上了车门。过了一会儿，她才从车上跳下来，她看上去有些低落。

"佩拉现在一定在等我们去找她。"汤米激动地说，"是的，一定在等我们！她现在一定吓坏了。当我在森林里的时候也很害怕，我们计划翻过墙进入迷宫，但是，这很困难……"

莎普太太沉默地注视着警官，她清了清喉咙说："我们可以调查那个迷宫，你听到这个年轻人说什么了。"

女警官没有回答莎普太太的话，她只是问："有人要一起走吗？多一个人总是好的。"

汤米的目光紧张地在女警察和沃特·皮莱之间扫来

扫去。

"我。"莎普太太突然而迅速地说。

女警察回到车里,用对讲机向另一个警察报告,她将带着一个老太太去迷宫。她在车里停了很久,她的对讲机一直在响。透过车窗,人们看到她在点头。当她把对讲机放下走出车子的时候,她的表情非常复杂。

"有最新消息!"她说。

在过去的半小时里,发生了很多事情。两个当地人在罗莎蒙德水井附近的树丛里被捕了。他们承认是他们把"弥诺陶洛斯"搬到了桥上。他们说,马车在大风中翻倒了,掉进了湖里。一个美国人雇了他们五个人——他们不知道他的名字——在三天之前搬走了雕塑。但是,在约定的时间他没有出现在他们约定的地点付他们钱。他们坚称,他们是想把塑像还给警察的,但是这无法解释为什么他们要把雕塑偷走,或者他们为什么要把马车推进公园,而不是给警察打个电话。

"他们声称他们没有手机,又不想把雕塑留在容易被偷走的地方。"警察说。

汤米看着季诺斯利太太,她把嘴紧紧地抿了起来,她看起来快要哭了。

搜救小组接到了通知,一台挖掘机正在赶来这里的路上。今天晚上,瀑布边缘的石头就会被移走。现在拼板已经被找到了,他们等不及了,迫不及待想要揭开事情的真相。而亚瑟·维什在医院里说出了一条重要信息。说到这里,女警察停下了。

"什么?"沃特·皮莱几乎喊出来了。

"他只是说'瀑布,男孩在瀑布。'他说了两遍。"警察带着歉意地说。他们还没有得到卡特的好消息，每个人都安静地想象着：卡特从石头上掉了下去，掉进瀑布或者被冲进下游。还有另一种可能，就是男孩在没有食物、水，也没有新鲜空气的环境里度过了三天。

在这块人们搜查了几天几夜的土地上，时间慢得像蜗牛爬。那天晚上，到处都是带着手电筒和工具的警察，他们在找卡特。

佩拉不记得在那之后，她是因为恐惧过度晕倒了还是睡着了。她只知道，在她藏进树丛之后，一道刺眼的光射了进来，一个男人的声音说："她在这儿！夫人！看看我们找到了谁！是那个女孩！"

接着，她听到了迷宫外莎普太太的声音："太棒了！小心点！别吓着她！"

这真是一个奇迹般的夜晚。在听到汤米平安、卡特即将被救出的消息之后，佩拉发誓，只要卡特还活着，以后她不会再因为一些小事而自寻烦恼了。再也不会了。

当她跟着警察走过小路的时候，她想，如果她能选择，她这辈子再也不会主动走进另一个迷宫了。

她走过草坪，黑色的头发上沾了草、尘土，还有一些纸屑和垃圾。天上的云已经不见了，天空像刚被洗过一样，挂着闪耀的星星。能重新感受到这一切真是太棒了。

而莎普太太……她竟然会在这里！她站在树丛旁边，拄着手杖。佩拉很快地向她走过去，她想对她打个招呼，但是她又停下了。莎普太太主动向佩拉张开双臂。她们愉快地拥抱在一起。

她们坐着警车来到了大瀑布。佩拉闭上眼睛，无声地对卡特说："我在这里，汤米在这里，你也在这里。是的！你会没事的！我知道，我敢肯定。我用全部的力量祝福你。你将会很快回到我们身边，在美丽的夜晚，在风里。"

在车还没有停下来之前，佩拉发现自己正握着莎普太太的手。她松开莎普太太的手，然后，就像她期待的，莎普太太对她点了一下头，好像在说她百分之百地明白佩拉的想法。

第四十二章

当莎普太太和佩拉到达喷泉的时候，他们发现汤米正坐在沃特·皮莱旁边的石头上。沃特·皮莱用双手抱着头，把头放在膝盖上。汤米安慰地把胳膊放在沃特的后背上，就像汤米是大人，而沃特·皮莱是小孩。

听到佩拉的声音，汤米站了起来，他们两个拥抱了一下。在别人看来，这个拥抱有点别扭，不过他们自己感觉很好。

汤米被佩拉的肩膀撞了一下，她还亲了他的脸颊。佩拉的腿和肚子也被汤米撞到了。他们今天都有一些擦伤和刮伤，但是有了这个拥抱，今天就称得上是美妙的一天。或者至少是很长的一天，是他们经历过的最长的一天。

在交换了一些消息之后，他们坐下来和帕米一起安静地等待。一辆救护车停在公园里，一个救护小组在里面待命。警察明确地告诉沃特·皮莱，这最后一次搜索并不一定能找到他的儿子，不过，如果直到晚上他们都没找到卡特，那说不准会是个好消息：男孩可能已经走出森林，就像忽然出现在桥上的卡特雕塑。警探努力轻松地说了这段话，说完又干笑了几声，但大家仍然神情凝重。沃特·皮莱拿着那块拼板的碎片，翻来覆去地看，好像摸遍它的每一边、每一个角就能帮助警察找到卡特似的。

很快，用来搬石头的机器到达了现场。它开始小心、缓慢地工作，搬开一块又一块石头，瀑布的顶端很快就被拆掉了。每当一块石头被提起来，水就会流过岩洞的四周，打湿在过去的几百年里都保持着干燥的土地。虽然这个计划看起来有些鲁莽和危险，但是人们都同意，用几天时间排空这个湖绝对不是好主意，时间非常宝贵，如果卡特真的在瀑布后面，那么每一秒钟都非常宝贵。两个穿着黑色潜水服的潜水员站在湖的一边，等着跳进湖。

汤米站在佩拉和沃特·皮莱中间看着这一切，他用力抓紧了他的硬币。"希望"，他用全部力气想，"希望"，如果这个希望变成现实，我会开心的，我再也不会祈祷别的事情了。

除了佩拉，没人知道他找到了那枚特别的硬币。应该说，这枚硬币并没有那么特别，所以，这件事情也没什么大不了的。他不在乎这是不是他能找到的最老的硬币，如果它不能帮助他找回卡特。

面对平静的水面，他下了决心，用力把硬币扔了出去。它被扔得很远。它在水上旋转着、漂流着，在黑暗的湖中消失之前，它在手电筒的灯光下飞驰。

没有人说话，大家都明白他的心情。而在接下来的几分钟，在石头被一块块移开的同时，很多硬币出现在了水面上，一个接一个。莎普太太把她的硬币全给了汤米，让他扔，扔完硬币，汤米把巴顿小姐的那颗蓝扣子也扔向湖面。而佩拉也扔出了她身上的所有东西，一共四便士，外加一片维他命。沃特·皮莱倒出了两个口袋里的所有硬币。季诺斯利太太也扔出了她口袋里的所有硬币，还有剩下的面包屑。后来，警察也加入了。

"砰，砰！"水面上这些小小的撞击声起到了安慰人心的效果。每个人都在祈祷着。

在最后一个硬币被扔出的几秒钟之后，两个潜水员跳进水里，钻进一个深深的洞里，这个洞的洞口原来被一块巨大的石头挡着，把石头移开后，洞口就出现在大家的眼前。在大家的注视下，沃特·皮莱也跳进了水里，他推开了想要保护他的警察的手。

机器的引擎被关掉了，它不动了，时间好像也跟着停止了，没有人说话。唯一的声音来自于水下的潜水员，和水中那个已经不在乎自己安危的男人。

很快地，潜水员消失在大家的视野里，但是，潜水装置所发出的低沉的声音依然没有停止。那时，沃特·皮莱已经爬上了大家身后的石头。"卡特！"他的声音一半是喊，一半是尖叫，这声音足以刺破夜晚的黑暗。

很快地，一个潜水员从岩洞里走了出来，在他的臂弯里，是一个男孩。

那个男孩很虚弱，不，是非常虚弱。狂喜的沃特·皮莱靠在水边的一块石头上。潜水员迅速回到岸上，冲向岸边的救护车。所有人都没有说话。卡特的爸爸挤进救护车，和他的儿子挤在一起。

救护车的门关上了，它缓缓驶离大湖。在经过了对所有人来说都非常漫长的几秒之后，一个护士把头伸出窗户

大喊道："告诉医院我们要过去了！快点！男孩还活着！"

第四十三章

三天前。

这里太黑了，在这里想象光的样子是不可能的。

这里只有流水，它们在飞溅，在汩汩作响，在不断下落、冲进黑暗。黑暗，黑暗不停地从石头中滴下。他不知道用什么词语才能形容这种声音：单调、没有颜色的水，黑色的石头。黑暗，黑暗，黑暗。

他艰难地动着他的胳膊和腿，这让他感到绝望。在一片漆黑的地方移动你的身体——这是不是很像是你第一次移动你的身体？

而这里又为什么一点光也没有呢？

因为怕撞到墙壁，他用一只手护住脸，很慢很慢地坐了起来。到处都是烂泥，很滑……非常滑……他是不是就是这么跌进来的呢？他的思路是不是也像烂泥一样混乱呢？滑、烂泥、滑、烂泥……这两个词听起来都很湿润。滑、烂泥、黑色、黑色……滑、烂泥、黑色、黑色。

他伸了伸手臂，他的手碰到了一块石头。那块石头非常冷，但令人吃惊的是，它是干的。他把手收回来，在膝盖上蹭了蹭，然后，又更加缓慢地伸出去。他觉得，词语给他的感觉，就和触摸这块石头的感觉一样真实。他想记住这种感觉，记住他对在黑暗中流动的词语的理解。他应该把这些告诉喜欢文字的佩拉吗？他试着想象"白色"，他想到了光明还有逃出这个黑暗的洞穴的喜悦。

白色……白色……他好像看到了中午的太阳。他的头顶上飘着一片厚厚的乌云，而耀眼的光芒漂在水面上。

或许是因为他撞到了头（他敢肯定自己撞到了头），或者是因为他精疲力竭。总之，他获得了一种出色的语言能力，他好像睁开了新的眼睛，张开了新的耳朵。他试着想象另一个词，他紧紧闭着眼睛，虽然在这里把眼睛闭上和把眼睛睁开是一样的。紧紧地闭着，闭得紧紧的——这两个词的声音也和它们的意思很搭配。紧——没有空气，没有光；闭——关闭，死亡。

他紧紧地把眼睛闭起来，把手压在眼皮上，看着一片黑暗里出现的红色、黄色的斑块。红色，这个词听起来充满能量。但是，他忽然发现，他想不起红色的东西了，一切红色的东西在黑暗里都显得太遥远。不，不是血——那种湿湿的、沉重的，不像"红色"的东西。

弥诺陶洛斯！是的！他忽然想起了真正的"红色"，想到了它的力量、生机和纯净。他忽然明白为什么很多艺术家都喜欢红色了。他真高兴他能在这个时候想起弥诺陶洛斯，这就像在你吃了很多天面包之后，忽然吃到了鲜美的焗烤蜗牛。

然后是黄色。黄色就像光芒、呐喊、流动的形体。他集中精力听着，他用耳朵"观察"他周围的水，"看"它们滴落的声音里有没有"黄色"。他听到了微小的喷射的声音，经过一阵飞快的移动之后落下的声音。黄色，这是黄色。

如果汤米听到这种声音，他会说什么呢？"去皮香蕉。"想到这里，他笑了。说到香蕉，他想起他是在瀑布边上掉下来的。这真疯狂。他滑进了这里——这个秘密的地方，在石头的下面或后面。这一切好像无法避免，如果再来一次，他大概也还是会掉进来。

他知道自己已经没什么力气了，但是现在他必须开始向周围探索。他知道喊声大概传不出去，传不到水的黑色和石头的红色上面。

其实，水边的石头并不是红色的，但石头的坚硬度和它滚动的声音都像是红色。红色是跑，也是吼叫。

黄色、黑色、红色，黄色、黑色、红色……还有白色，光的颜色。他觉得自己又快睡着了，虽然他还坐得直直地。只是休息一会儿……他侧躺着，把头靠在一只已经被擦伤的胳膊上，脸颊贴着大臂。脸颊也是个有趣的词，就像跳跃和叽叽喳喳。脸颊！

接着，从他的口袋里，传出一种坚硬的东西碎裂的声音。那不是拼板的声音，他知道那种声音；那也不是季诺斯利太太的钥匙的声音。哦！是那些巧克力棒！他努力把手伸进口袋，开心地摸着那些塑料包装。他拽出一条巧克力棒，缓慢而小心地剥开它。这里没有光，他不想让巧克力棒在黑暗里掉下一点碎片。他试着摸了摸他手臂下的地面，发现地面很平。他决定躺着吃，这样，如果巧克力掉了，它还能掉在他身上。

巧克力……它听起来是个有个性的方形，它还有嘎吱嘎吱的善良。在他剥开巧克力的包装纸的那一刻，他觉得巧克力从来没有这么诱人过。现在，对于卡特来说，巧克力就是蓝天，是空气。它——是——巧克力！这个词忽然变得充满了生命力。

他咬下了第一口！它又顺滑又美味，香气十足。他好像忽然找回了过去的自己，找回了他所熟悉的思考方式。

现在，词语的声音黯淡了下去，一些更熟悉的东西回来了。"黑色"这个词失去了魔力，现在，它就像一个普通的词。而当他吞下最后一块巧克力的时候，他开始坚定地相信，他必须活下去。

他小心地跪坐起来，把手举过头顶。结果，他什么也没摸到，除了不断滴下来的水滴。接着，他摸到了石头，他的手抖了一下，但是他很快又向更远的地方探索。在黑暗里，你很难想象你将会摸到什么，真的。如果这是一个海盗的藏空洞，他会不会摸到一个老人的脚，然后是眼窝和下巴——一堆衣服里的骨头，一个几百年前掉进这里的人？一种冰冷而坚硬的恐惧潜入了他的心里。"想想数字!"他对自己说。他用力把之前那个可怕的想法赶走了，数字和图形常常很有用。

他感觉有点头晕，坐回那块石头上休息。过了一会儿，他又开始编迷宫了。

但是，不——迷宫有死胡同，现在，他可不想看到死胡同。或许他现在应该玩卡特游戏。他挑了五个他最喜欢的数字，想象着它们绕着彼此转动。它们背后有着不同的含义：12 是拼板的总数，也是他的年龄。人们觉得 13 不吉利，但他不这么觉得。3 代表着他家的三口人，也代表着他和佩拉、汤米的友谊。60 是 12 块拼板组成的正方形里方块的个数。而 41 是一个很酷的质数。这让他感觉好了一些，只有数字才能帮助他恢复精神。

他跪在石头上，摸索着这块不平常的大石头。他试图数出它的面数。这个地方就和家里的衣柜差不多大。石头有一块是干的，一块是湿的，水还在不断从湿的那一半石头上流过。流水意味着裂缝，那是一个大得足以让空气进来的裂缝吗？或许，现在外面还是黑夜，等白天到来的时候，他就能看见光了。

光！真难想象。他想，如果他还能看见光，他一定会在光里好好活着，好好享受被光填满的快乐，呼吸和移动的快乐，只要能活着，他就不会再为什么事情而烦恼了。

他开始想石头的重量……他是不是掉进了一个密不透风的石头陷阱呢？不……他对自己说：你不会被活埋的！别这么想！

他向身后摸索，为了重新回到那个有声音和语言的地方。在这里，没有过去，没有未来，只有黑色，只有声音。他想通过黑色想到别的。譬如，黑色是包围他的流水。但是，这个想法也不让人愉快，因为流水是冰冷单调的。

黑色，黑色，黑色。

他知道的下一件事情，就是看到了在黑暗旁边的东西。是形状，那是一个形状。那是一个圆圆的、很硬的石头边缘，那是他见过的最可爱的线条。他滚向它，现在，剧烈的头疼已经开始折磨他，他的头在颅骨下跳着，就像卡在石头房间里的他。他想着：跳动、跳动、跳动。他碰到了灰色的线——湿的线。他舔了舔他的手，又把手放回去，然后又一次，又一次。接着，他把手指按在那个有光透进的裂缝上，但是，那里只有水，看不到天空。他能看到光，但是光在水后面。

眼泪滚回他的喉咙，他坐回那块水平的大石头上试着思考。他蜷缩成一团，抱着膝盖。他试图安慰自己，用身体的一个部分安慰另一个部分。他拍了拍自己的肩膀，这让他感觉很好。

或许他掉进了他自己的名字里。他的父母告诉他，他的名字来自亚历山大·卡特，不过，卡特这个词也有它自己的历史，可能是上千年的历史，它表示有很多石头的小溪，或者石头上的湍流。或许，他刚刚成为了他的名字，沉回了水和石头。有一天，石头会摇晃、会掉落，而他的骨头、糖纸和黄色塑料片会露出来……

他的拼板！他跪在地上摸索着口袋。他摸出了一个"L"形，他用他敢用的最大的力，小心地把它推进裂缝，慢慢地把它压进石头中间。它滑进了一个弯曲的地方，然后卡住了。他耐心地尝试着，尝试着不同的用力角度和方式。每当看到希望，他就会用上所有的力量去推拼板，直到他的胳膊开始发抖。

这时他又有了另一个主意。他开始用鞋底去顶拼板。第一次，他没有顶到它，第二次，他又踢偏了，但是……啪！拼板裂开了。他听到了塑料撞在石头上的声音。他的手指在拼板刚刚在的位置摸索着，一小片拼板仍然卡在裂缝里。

他停下来休息，连思考的力气也没有了。他为了获得一点水又舔了舔裂缝下的石头。他想知道这里的空气还有多少。

他只休息了一会儿就拿出了另一块拼板，那是代表着希望的"W"。他只希望自己能活着。他想，如果这一切只是个故事，一个听过或读过的故事，自己说不准会生气的，因为拼板被丢掉并且弄坏了，但他没有生气，因为现在只有拼板能救他了。

现在，他的想法已经和之前不同了。被困在这个小小的石头房间里的他，觉得用拼板拼迷宫的想法现在看起来太疯狂了，甚至太残酷了。怎么会有人愿意被困住呢？他发誓，如果他能走出去，今后他只会用拼板去发现去创造，他会发明一个没有死胡同的迷宫。

他把"W"放在裂缝里，踢了它一脚，这次，他换了用力的方向。他想，它大概又会分成两半了，他苦恼地敲了敲膝盖，但这次，出乎意料的事情发生了："W"出去了。它完整地掉到了外面！他成功把它推出了裂缝！

第四十四章

卡特知道他们一定在找自己。他只能带着美好的希望祈祷，然后再祈祷。"希望"这个词听起来很孤独。如果没有人知道这个隐藏的屋子呢？如果没有人看到他掉下来呢？不，那不可能。

在洞窟重新归于黑暗之前，他吃完了最后一块巧克力，并把所有的拼板都塞进了石头的裂缝。他的两个膝盖都磨破了，脚底也因为踢石头而开始疼痛。至于他的拼板……它们大部分都碎了，他听到了碎裂的声音，他能感觉到，那些尖锐的碎片就散落在他周围。不过，他敢肯定，那个"I"出去了，还有"T"的大部分，还有"W"，是的，"W"。一定有人会注意到黄色的"W"。

这些拼板陪他想出了很多有趣的想法，他不知道 12 块拼板上的 60 个小方块中，有多少穿过了裂缝。这是他的第一副拼板，是他在伦敦的亲戚送给他的 12 岁生日礼物。它们帮他用一种奇妙的方式组织想法和数字，它们是他最特别的帮手，拼板和数字不一样，拼板看起来更安全，而且就在他身上。

在光彻底消失之后，洞窟里变得更温暖了，不只是暖，而且充满了水蒸气。空气越来越稀薄，他的头痛开始让他无法忍受。他舔着从岩石边缘滴落的水，再次把身体蜷成一个球。他啜泣着、幻想着：在冰凉黑暗的水中有着清晰的黄色碎片。如果那些碎片沉在了浅滩，如果它们没被冲到下游，如果。

希望，希望。在水、石头和黑暗的世界里，这个词显得特别美丽。"希望"，就像翅膀挥动的声音。他的心在跳动，希望，希望，这个词在他的血管里不断跳动着。

第四十五章

卡特获救的那一晚，医院忙得人仰马翻。猛烈的风持续刮着，就像要把所有人都带进另一个世界。

卡特的情况很危险，他长时间缺氧，非常虚弱，除了三条巧克力棒，他在过去的三天什么也没吃。他依然没有恢复意识，身上有很多的擦伤，但是，他看起来没有受到什么严重的伤害。他的爸爸整夜守在他的床边，跟他说话，对他唱歌，拍他的手，他的头，他的手臂。被包在毯子里的瘦瘦的卡特现在就像一个细细的影子。

在这间病房的楼下，亚瑟·维什也依然昏迷着。他的阿姨在他的床边皱着眉，时不时地说出一两句话——她发誓他在听她说话。她大声地告诉了他找到卡特的喜悦，还重复了好几遍，然后，她为自己对待雕像的粗暴态度向他道了歉。

在亚瑟和卡特都还不能开口说话的时候，他们成了整个医院、整个小镇讨论的焦点。第二天，警局开门的时候，这种传言已经传遍了小镇：那个美国男孩被找到了，那个在树丛中被发现的年轻人是波西·季诺斯利太太的侄子，弥诺陶洛斯的主人，而那个雕塑呢？它躺在桥下，在皇后水池的底部。两个伍德斯托克人被逮捕了，他们交代说，一个美国人雇他们偷走雕像，结果他却背叛了他们，没有人知道那个美国人是谁。美国人！看起来，镇子里最近几天到处都是美国人。

一般来说，如果伍德斯托克人觉得他们已经知道了什么，他们就会保持安静。有趣的是，在那个早晨，大家看起来容光焕发。他们在门廊、栅栏边、街角说着悄悄话，不过，他们小心地不在警察附近说话。

在季诺斯利太太准备离开医院、回家喂帕米、再睡个好觉的时候，她被警察带走了。她看着那些警察，表情痛苦而生气。"这就是做个好阿姨的代价！查我的房子！你们怎么敢！嗯？正义？是的！我的亚瑟被骗了，然后被击中了头，是的！"她一边这么说着，一边被推上了警车。

坐在前座的两个警察像坏男孩一样偷偷溜了出去，季诺斯利太太独自在后座上说着话，每说三或四个词，她就会拍打一下她旁边的座位。如果她有爪子，坐垫一定早已经被她撕碎了。

第四十六章

卡特还没醒过来，不过，因为他身体一直很好，医生

185

肯定他会完全恢复过来的。医生们更担心的是他在那种恶劣环境里受到的精神上的伤害。

沃特·皮莱允许汤米和佩拉待在卡特的病房里，这样卡特就能在醒来的时候立刻看到他的朋友们。卡特的妈妈在听到了卡特的消息之后，无法控制地一会儿大笑，一会儿大哭。她仍然无法离开医院的病床，但是医生告诉她，她的骨头会很快长好的。她用了一整天赞美窗外的云朵，说它们今天看起来真美。她简直等不及迎接她的丈夫和儿子回家了。

简短的谈话在伍德斯托克的街道上继续着，关于亚瑟·维什和他的礼物的消息很快就传开了，但是这意味着什么呢？为什么他一定要保密呢？英国警局重新调查了维什先生，他们调查到了沃特·皮莱已经查到的东西，但是他们不能确定，亚瑟·维什的捐助是否只是他给什么卑鄙的行为做的掩护呢？而他喜欢麻烦制造者班克斯的真正原因又是什么呢？人们在亚瑟·维什的酒店房间里发现了一本班克斯的书：《高墙与和平》。

在卡特醒来之前，没有人知道维什先生的故事和卡特的故事有什么联系。维什先生会像沃特·皮莱所猜测的那样，就是那个在广场和卡特握手的男人吗？他们那天都在瀑布附近吗？是不是第三个人或者一群人想要同时杀害他们两个？而关于班克斯，人们对他仍然了解得很少。

警察也好奇，季诺斯利太太对她有钱的美国侄子究竟了解多少？她对弥诺陶洛斯的大惊小怪是一种掩饰吗？他可能提供给她钱，让她在伍德斯托克为他做事吗？警察在她的厨房里找到了一张纸片，上面画着瀑布还有里面的秘密房间，旁边还写着一些文字。这真是像她说的那样是在卡特被找到的那天才画的吗？而旁边画着的钱币符号又说明了什么？真像她跟警察说的那样，她只是在担心冬天的燃气费吗？还是说，她也扮演了重要的角色，帮助她的侄子逃过那个男孩的眼睛？或许卡特不小心发现了什么真相，或许是有人想把他拉进这件事。

即使季诺斯利太太是在不知情的情况下帮助了她的侄子，而并不知道他正在做什么，她仍然有嫌疑。至少，她得等她的侄子还有那个男孩醒来证明她的无辜。

每个人都等着卡特开口。

当卡特醒来的时候，佩拉、汤米和沃特·皮莱正在卡特的床边玩纸牌游戏。

"嗨，你们。"他虚弱地说，"嗨。"

回答他的是所有人的欢呼，大家笑着、哭着、跳着。卡特一遍又一遍向他的父亲道歉，不断地对佩拉和汤米说："你们怎么会在这儿！"

虽然护士们试图维持病房的安静，一些警察还是被批准进入。

卡特缓慢地给大家讲了他所经历的一切。

他曾经和亚瑟·维什谈起过弥诺陶洛斯。是的，在维什先生看过了卡特的迷宫，听过了他关于卡特游戏的想法之后，他向卡特介绍了"弥诺陶洛斯"，并解释了他所做的事情。

他告诉卡特，他喜欢他的"卡特迷宫"。接着他说，他就是那个把弥诺陶洛斯捐赠给伍德斯托克的人，但是，他很困扰，因为大部分居民都不喜欢它。他已经在这里听了好几周大家的评价，他希望能改变大家的看法，于是他给大家准备了一个小惊喜，他雇了人，准备在第二天晚上给它换个位置。

他邀请卡特在第二天和他一起去布莱尼姆公园，在那里帮雕塑找个新家。亚瑟·维什说，他希望弥诺陶洛斯能待在公园里，让这里的居民接受它、了解它。卡特表示同意。

卡特记得当自己滑下去的时候，他和亚瑟·维什已经走到了瀑布的顶端。他是踩空了吗？还是踩到了什么光滑的东西？他真的不知道。他记得的最后一件事情就是他掉下去了，然后，就是在那个小小的石头监狱里醒来。

刚刚一直在记笔记的侦探抬起了头："你没感觉到被推吧？有吗？"他问。

卡特皱了皱眉。"没有，"他说，"我不是被推下去的，我是掉下去的。"

"是谁建议去瀑布的呢？"侦探问。

卡特想了想："我不能肯定，应该是亚瑟·维什——但是我们都想去。"

警探点了点头，就像在说："和我想的一样。"

接下来的 5 天，卡特在医院里慢慢地恢复着，而亚瑟·维什呢，依然处于昏迷之中。

季诺斯利太太被允许回到她在阿雷小屋路上的房子，她很高兴见到帕米，但她的行动依然受到警方的限制。警察认为，在他们证实卡特的说法之前，这是最明智的选择。

那个穿黑衣的女孩叫乔治亚·瑞普，警察允许她留在房子里。现在，她负责帮季诺斯利太太买菜。她的爸爸纳什顿·瑞普是两个因为偷雕塑而被拘留的搬运工之一。警察没有抓到另外三个人，瑞普先生和他的朋友也不知道他们的名字。汤米和佩拉告诉警察，那天晚上他们在森林里和迷宫边上都发现有人。但是，这对于找到另外三个小偷没什么帮助。

季诺斯利太太既是亚瑟·维什的阿姨，又是纳什顿·瑞普的堂姐。但是，这两个身份现在带给她的只有麻烦。每天，她和帕米、乔治亚一起在厨房里吃饭。她变得比以前更情绪化，经常大哭或者捶着厨房的桌子。她仍旧觉得美国人应该为这一切负责。"他们毒化了我的亚瑟！就是这样！在很多年以前就毒化了他！"

她拒绝相信他做了什么错事，她对警察们说了很多冲动的话，她不想再和他们说话了。"他们不可信任。"她对帕米说，"他们会付出代价的，一定会的！"

"喵！"帕米回答道。

这个星期，两个人和一只猫吃了很多的培根。乔治亚·瑞普在妈妈死后就一直跟爸爸住，她看起来很喜欢和季诺斯利太太一起生活。她的爸爸脾气很差，在大部分时间里都在发脾气，他不是个好相处的人。年轻的警察惊讶地闻着从厨房里飘出来的香气，有一次他甚至敲了敲后门，想夸夸季诺斯利太太的厨艺，说不准她会给他点吃的。可惜这天他不走运——门被拍在他的脸上。过了一会儿，年轻的女孩还从窗帘后面偷偷地看了看他，好像在躲着他。

连黑猫都用它那只让人印象深刻的独眼警惕地盯着他。

卡特、佩拉和汤米想出了很多打发时间的主意。

首先是聊天。卡特的声音仍旧嘶哑，他讲了在他失踪的几天里发生的怪事：词语开始用新的方式影响他的思考方式，它们好像在黑暗里活了过来。

“这不奇怪吗？我忽然发现我很像佩拉。”卡特说。

“嘿！我也有这种感觉！”汤米说，“那天晚上，当我在公园里找你的时候，我也觉得我有点像佩拉，我还有点像你，数字在我面前疯狂地跳跃，就像你的拼板。”

“我也开始用你们两个的方式解决问题了，像卡特一样重新排列字母和符号，像汤米一样勇敢。”佩拉说，“我们都更像另外两个人了。”

卡特很惊讶，佩拉和汤米竟然不再吵架了。但是，他没有说出来。发生了什么？他知道自己不该问，问也问不明白。但是，他希望三个人能一直像现在这样，融洽地在一起，这是他们三个新的开始。平衡改变了，卡特不再是被夹在佩拉和汤米中间的那个了。看来，他们以后的探险会更愉快。

三个人也都注意到了希望的力量。

汤米给卡特讲了他那令人雀跃的发现：1752 年的硬币，还有他把它扔进了皇后水池，他相信它起了作用。他还提到了巴顿小姐的纽扣。卡特感谢了汤米，他知道，对于汤米来说，没有什么比他找到的宝贝更重要了。他也感谢了佩拉的祝福。“希望可以产生很强的力量。”他说。

“维什先生看上去不像个坏人。”佩拉说，“他用他的‘希望—希望’，把这个词埋在了每个人的心里。”

“另外，他还构思了卡特游戏，一个对全世界人来说都是礼物的卡特游戏。”沃特·皮莱说，“他还建立了‘分享自由艺术！’基金会，这给了大家很多启发，特别是给孩子们。”

“这是个有趣的名字，不是吗？”卡特说。

“我喜欢，”汤米说，“艺术应该是自由的。”

“他知道，有时候艺术也会失去自由。”佩拉说。

卡特拿起窗边的一片纸和一支铅笔，开始写什么东西。"嘿!"几分钟之后，他叫道，"如果你把他的基金会的名字用大写写出来，你会发现，如果把 E 转过来变成 W，把 SHARE IT 重新组合后也可以变成 ART WISH，这真像是我会做的事情。我知道我会喜欢他的!"

"喜欢游戏的男人。"沃特·皮莱评价道。

美国的报纸对发生在伍德斯托克的事件的报道在芝加哥引发了新一轮"卡特热"。更多的人投入了卡特游戏。亚瑟·维什的"雕塑"——把卡特雕塑送到五个不同的地方——也引发了人们的思考和讨论。更多的"雕塑"出现在了游戏屋的墙上，络绎不绝的人潮提出了一个又一个新鲜的想法。更多的人捐献了很多有价值的物品。博物馆的工作人员发现，这些"雕塑"变得越来越有趣了。所以，博物馆策划了另一个展览：展览大家创作的那些"雕塑"。他们还要在全芝加哥的公共汽车上、街边和大楼的侧面悬挂这些"雕塑"。

美国人看起来并不关心亚瑟·维什"偷"了他自己的礼物的事情。为什么呢？因为他并不是真的偷了它，他只是给它换了个位置。英国的警察就没有这么宽容，不过最终他们还是不情愿地宣布，他们不把亚瑟·维什的行为视作犯罪。不过，当一个新涂鸦出现在英国国家美术馆的特拉法加喷泉前的时候，他们还是有些愤怒。那个涂鸦是一串黄色的字：

FREE ART WISH

WISH FREE ART

ART WISH FREE
ART FREE WISH
FREE WISH ART
WISH ART FREE

包围着这六行字的是"希望—希望",两个"I"交叉成"X",就像在伍德斯托克的一样。这些标志看起来像是飘在喷泉周围的星星。每天成百上千的硬币被丢进许愿池,伦敦的街道清扫工被禁止清除涂鸦。至少,现在还不行。

当弥诺陶洛斯终于从皇后水池的底部打捞上来时,大部分伍德斯托克人都聚集在水池旁边。在雕塑被放到卡车上之前,大家一个接一个,围到"弥诺陶洛斯"旁边帮它掸掉土。接着,大家默默地跟着卡车,直到它缓缓地驶回镇子的中心广场。

早已等在广场上的专家为"弥诺陶洛斯"做了全身检查,他们宣布,它状态良好。一些人主动对它做进一步的清洁,其他的人则带来了三明治、曲奇和茶。

不知道为什么,每个人都觉得他们知道雕塑应该被放在哪儿了。很快地,它就被摆在了那里,在那个"希望—希望"的涂鸦旁边。"弥诺陶洛斯"被很多的石头和叶子围在中央,沐浴着秋天的阳光。

"幸运的是,我们从来没清理过水池底部的落叶。"一个人说,"这为雕塑提供了绝佳的缓冲啊。"

"经历了这些……它真是个奇迹。"

"是的,愿望都实现了。"另一个人说,好像一切都在计划之中。

奇怪的事情还在继续发生。但是,在英国,在美国,

FREE ART WISH
WISH FREE ART
ART WISH FREE
FREE WIS

大家都在等一个人，一个仍然无法开口说话的人。

第四十七章

当大家等待卡特和亚瑟·维什的身体恢复的时候，伍德斯托克医院展开了一种奇怪的对抗游戏。这种游戏每天都在进行。有的时候，有人在打瞌睡，有的时候，大家在阅读，有的时候，大家一起玩卡特游戏。

在卡特的病房的墙上贴着的"雕塑"之中，有一个叫作"时间游戏"，那是莎普太太的作品。"我们五个"是佩拉的作品。"单词方程式"来源于卡特在瀑布后的密室的时候想到的声音。沃特·皮莱也做了一个雕塑，他画下了在大家救卡特的时候搬开的最大的五块石头。这个作品就叫"石头"。不知道为什么，他画出来的石头很像是亚历山大·卡特会喜欢的那种奇怪的形状。墙上贴的纸一天比一天多，后来，医生和护士也想加入，在墙上贴上他们的作品。

"新密码，怎么样?"汤米问卡特。

卡特笑了："我有个想法，一套真正的新密码：你可以做一个 26 个字母的字母表，然后给每个字母找一个形状，亚历山大·卡特在他的雕塑里用的那些形状，怎么样?"

"真棒!"佩拉说，她说她要负责制作这个字母表。当然，另外四个人也很快参与进来了。莎普太太给牛津的一家书店打电话订了一本艺术书，书里有很多亚历山大·卡特的雕塑的照片。她还给了卡特一个惊喜，和这本书一起到达医院的，还有一个木头盒子，里面放着一套崭新的拼板。

卡特兴奋得叫了出来："太棒了！莎普太太！"然后给了她一个笨拙的拥抱。

"别勒我了，小子！"她语调明快地说，回到她的椅子上，整理了一下她的发髻，然后开始研究那本书。那天下午，卡特还在摆弄他的新拼板的时候，另外四个人已经做出了一份字母表，就像这样：

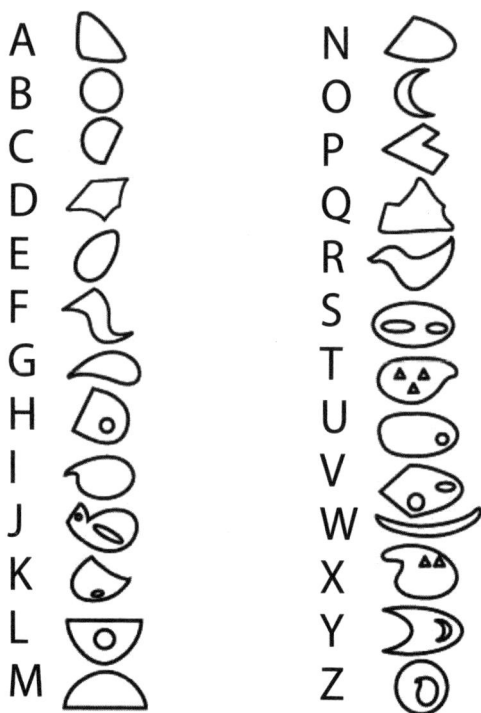

"这里！"莎普太太胜利似的对卡特挥舞着一张纸，"我们用卡特密码写了些东西，你能看懂吗？"

卡特认真地看着这些图形，比起语言，它们更能吸引他的注意。他的手指在那些符号上左右移动着，过了一会儿，他笑了。

"我明白了！"他抬起头说，"这真棒！你们这些家伙！"
罕见的是，莎普太太没有纠正他，她看起来不介意被当作
"家伙"。

"很棒，嗯，我喜欢挑战。"她咕哝着说。

卡特拿出了一张小小的方形纸片，这是他刚刚画的，
上面画着一些箭头："看，我的拼板迷宫，没有死胡同！"
他开心地说："我再也不会做有死胡同的东西了。"

虽然没有死胡同，但这个迷宫仍然是一个游戏，他写
了这样的提示：

卡特游戏规则

在一个 6×10 的长方形的一边，确定一个入口和一个
出口，目标是从入口到出口的道路最长，不过，你不能通
过同一个方格两次，路径也不能中断。

每当你"进入"一个拼板，你必须试着走过尽量多的
方格。不管是直走还是拐弯，总之，进入一个和它有所连
接的拼板，直到走到出口。计分方法是，在每个你没有走
到的方格上放一个"×"，得到最少的"×"的人胜利。

"这是游戏板和一个示范，在这里，分数是 6。"卡特说。

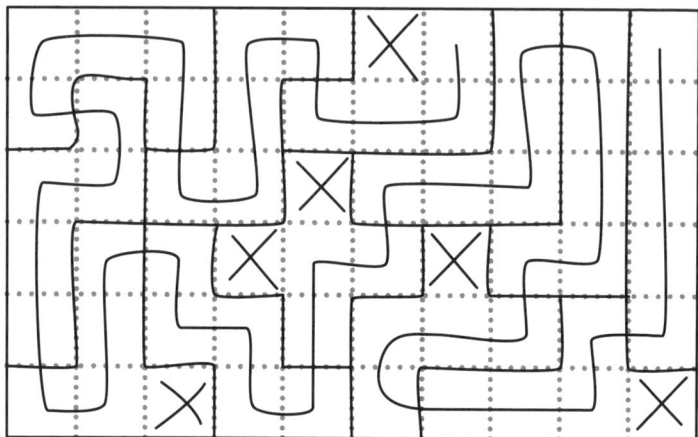

那天晚上，在卡特出院之前，亚瑟·维什也从昏迷中醒来了。

第四十八章

"那个男孩。"

负责照顾亚瑟·维什的护士按响了紧急铃："他醒了！快点！把那个男孩带来！"

卡特很高兴亚瑟先生能在这个时候醒来。很快地，汤米、佩拉、警探、莎普太太和沃特·皮莱这支小小的队伍缓缓地走过长廊，走向重症监护室。

亚瑟·维什看起来非常苍白。直到他看到卡特，一个小小的微笑才终于出现在了他的脸上。"是的，"他说，

"是的。"

这个瘦瘦的男孩和头上包着绷带的男人坐在了一起，男人依然虚弱得无法说话，不过卡特的出现让一切好了起来，男人看起来放松了很多。

在亚瑟·维什又休息了一段时间之后，他用虚弱的声音讲出了他的故事：

在城里散步的时候，他注意到了卡特，接着，他看到卡特正在墓地设计拼板迷宫。然后，他们又在茶店相遇了，男孩在点三明治的时候说出了他的名字：卡特，亚瑟·维什觉得他们应该可以成为朋友。后来，卡特把他画迷宫的纸忘在了茶店，亚瑟·维什捡起了它们，想把它们还回去——他们简直是注定要见面的。亚瑟·维什注意到这些迷宫是一套成熟的设计，于是他决定和这个男孩谈谈弥诺陶洛斯。

亚瑟·维什继续说着，他的表情变得悲伤了起来："我把弥诺陶洛斯赠送给伍德斯托克的时间，恰好是九月芝加哥的展览开始的时间，所以我没赶上开幕式。在弥诺陶洛斯被组装好之后，我回到芝加哥去看了展览。我有了个想法：我要做一个巨大的'雕塑'，这个'雕塑'就是把卡特做的五个雕塑赠送给世界上五个不同的城市。你知道，我希望伟大的艺术能被每个人分享，所以我挑选了一些大型的怪兽雕塑，弥诺陶洛斯就是这些雕塑中的第一个。"

"我兴奋地冲回家里，从我的那些巨大的卡特雕塑中选出了四个，并且为它们找了完美的四个新家。几天之后，我回到展览的游戏屋，把我的想法贴在了墙上。第二天，我坐上飞向英国的飞机，回到了伍德斯托克。"

"我想观察和记录当地人对弥诺陶洛斯的反应，我希望

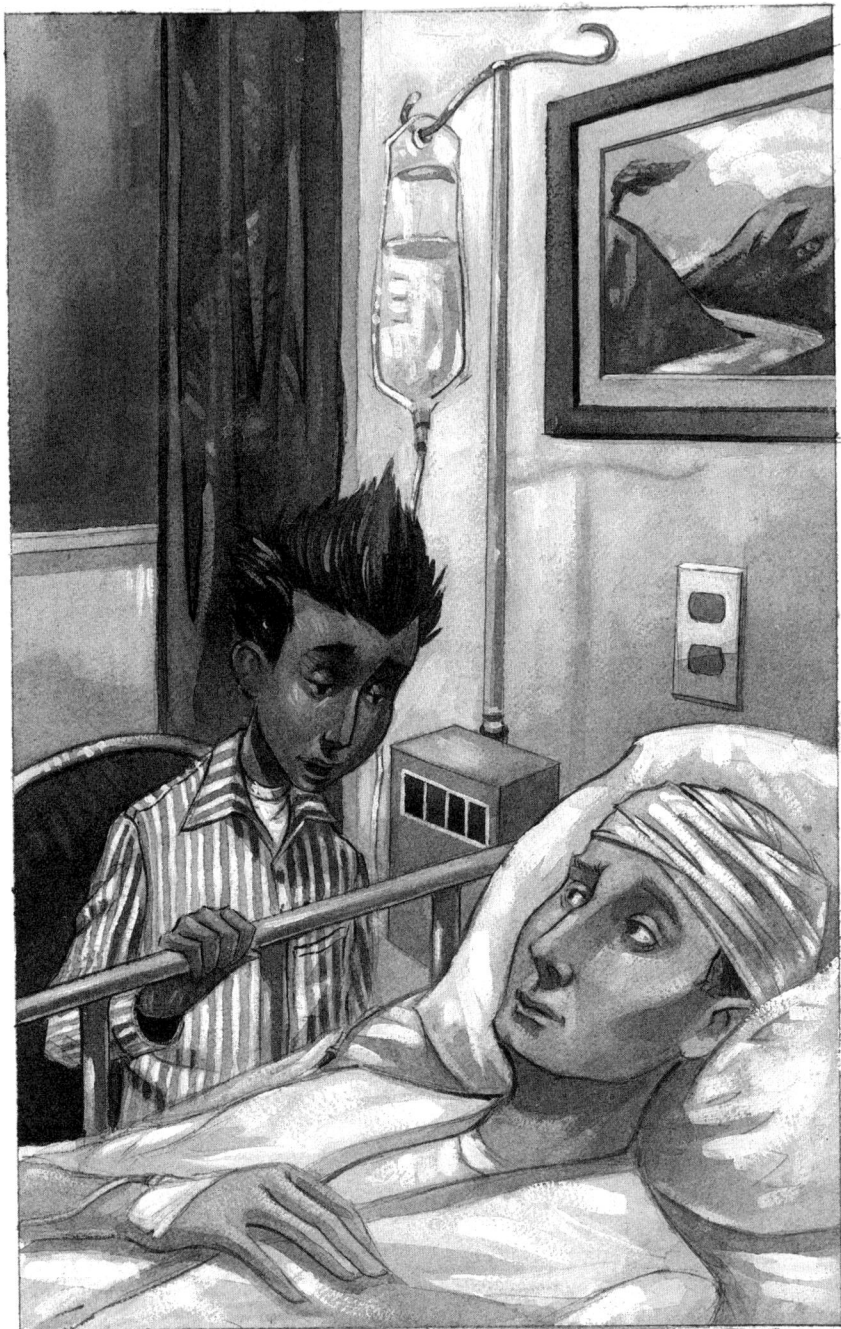

每个艺术品都在恰当的位置上。我想记录下我做的事情，像英国的艺术家班克斯一样。我也想保持匿名，我想，如果我保持匿名，我就能做更多，我甚至可以在这些记录的基础上写一本书。"

警探点了点头，他的口型好像是在说："嗯，有可能。"

"惊人的想法，通过捐赠卡特雕塑完成你的愿望。"莎普太太用和蔼的语调点评道，"让它们获得新的意义。"

"谢谢。"亚瑟·维什安静地说，"在到达了伍德斯托克之后，我的热情有点受挫，因为大家讨厌弥诺陶洛斯，连我的阿姨也是。我想知道小孩子怎么想，但是这里没有什么小孩。我试图和一个看起来对弥诺陶洛斯感兴趣的女孩说话，但是她跑开了。我真的不知道怎么办好了，然后我遇到了卡特——"亚瑟·维什暂停下来，对卡特微笑了一下，"我知道他会帮助我的。"

"我计划把弥诺陶洛斯移动到另一个地方，但是我没想好把它放在哪儿。这看起来是个完美的解决办法，让一个富有创造力的孩子帮我选择。所以我们就出发了。"

亚瑟·维什停下来休息了几分钟，当他又有力气说话了的时候，他温柔地说："最大的错误就是记忆。我曾经和阿姨一起，在这里度过一个美妙的夏天。当时我还是个小孩子。我一直想象着那个瀑布，想象着那些石头里的密室，希望我能找到它的一部分。希望因为找到它，我被允许在伍德斯托克居住，你知道——成为这里的英雄。"他笑了。

"我们走进公园，我告诉卡特这个关于密室的故事。他也很开心，建议我们一起去那里看看，或许我们可以把雕塑放在那里。我们走过那些石头的边缘，忽然，他好像失去了平衡，摇晃了几下，然后从两个石头中间掉了下去。

他消失了！我从来没有见过这样的事，他完全消失了。不知道是从哪里传来了一阵可怕的石头滚动的隆隆声，然后他就这么消失了！这真是我看过的最可怕的事情。"

维什先生的眼睛里全是眼泪："真的对不起。"他对卡特说。

卡特摇了摇头，好像在说，不用对不起。

维什先生闭上眼睛继续说道："接着，一切都乱套了。我发现我的手机坏了，而周围没有人，我只能跑到岸边求助。你们知道，那里离大门还有很远。我很害怕，我可能就是因为害怕而滑倒了。我的头大概磕在了石头上，但我不太记得了，我只记得一阵剧烈的疼痛。我记得的下一个画面，就是我已经在医院里了。"

"你的脑后受了重伤，"警探说，"不像是撞上了石头，更像是有人用棒子打了你。然后，他还想把你藏在茂盛的竹林里，你能活下来真幸运。"

"嗯。"亚瑟·维什说，他的表情很困惑。

"那个'希望—希望'的涂鸦呢？"沃特·皮莱说。

"哦，那个！"维什先生露出了一个虚弱的笑容，"我是班克斯的粉丝，这有种班克斯的风格，我让那些搬动弥诺陶洛斯的男人在那天晚上把标志喷上。"

"你说，男人？"侦探插话道，"还记得他们的名字吗？"

亚瑟·维什摇了摇头："和我直接对话的只有其中一个人，一个大块头。因为我没说我的名字，所以我也不能要他的名字。"

沃特·皮莱点了点头："是的，我理解。"

"我不理解。"警探喃喃地说。

"我理解，"卡特说，"我是说，我喜欢你做的一切。这是一次可怕的经历，但也是美好的经历。"

汤米和佩拉点了头，卡特继续说："我想，在这件事情发生之后，我们每个人看事物的态度都不同了。"

"是的，风来了——"莎普太太说。

"它改变了我们。"佩拉说。

第四十九章

在亚瑟·维什康复期间，另外五个人在伍德斯托克多停留了两天。他们在这里享受着美好的小镇生活，包括小镇居民们善意的笑容和在他们背上轻轻的拍击。沃特·皮莱对这里的麦芽酒很感兴趣，而莎普太太喜欢美味的雪莉酒。

虽然季诺斯利太太不用再和警察打交道，但是她暴躁的脾气已经改不回来了。

在针对她的软禁被解除之后，她已经在伍德斯托克的街头巷尾斥责遍了她遇见的每一个警官。为了避免遇见警察，她甚至横穿马路，冲出店铺。她躲避他们就像躲避瘟疫。帕米变得更胖了，如果它真的还能更胖。在过去的几周里，它不仅享受着厨房里的大餐，还每天吃着卡特和卡特的爸爸、莎普太太、汤米和佩拉提供的食物。卡特觉得他欠帕米很多，于是，很多的野鸡肉和羊肉就在桌子下面被偷偷解决了。

季诺斯利太太还向大家介绍了她年轻的侄女——乔治亚·瑞普。

"鸟女孩！"卡特在看到她的那一瞬间就立刻叫了出来。

她皱了皱眉，用很正式的语调介绍自己："我叫乔治亚，和美国的画家乔治亚·欧克夫名字一样。"

饭后，她显得放松多了。在甜点时间她告诉大家，她第一眼看到弥诺陶洛斯就被它迷住了。她喜欢素描和画画，她的妈妈是个艺术家，是个没什么名气的艺术家，她坚持给她起了乔治亚这个名字，而她的爸爸觉得艺术只属于那些爱幻想的人，他不希望他的女儿成为艺术家。他一直在全力阻止她的女儿接近弥诺陶洛斯，她只能在旁边溜来溜去。

"传说中的故事。"莎普太太安静地说。

乔治亚镇定地点了点头，这让莎普太太有点惊讶。乔治亚继续说："接着，有一天我走进里昂咖啡馆，然后你也来了，卡特。我无法相信，还有另外一个人也有艺术家的名字。我想和你聊聊，但是我必须假装得很随意，因为我的爸爸正在旁边监视我。他说过他不喜欢你，可能因为你是美国人。唉，我的爸爸。"乔治亚说，她又把眉皱了起来，"他不希望有坏事发生，他希望他能帮我把这些坏事扫除干净。我知道他希望我好好长大。"

佩拉、汤米和卡特都想安慰乔治亚，他们试着让她放松下来。她比他们大一点，但是从脸上看不出来，因为她太瘦了。她还有个很神经质的习惯，就是在说话的时候，用一只鞋的鞋尖踢另一只鞋的鞋跟。

四个孩子坐在季诺斯利太太的晚餐桌的一头。卡特、汤米和佩拉正在给乔治亚介绍怎么玩卡特游戏。乔治亚知道艺术家卡特，但她不知道她身边这个男孩卡特也做了"雕塑"。"天才！真是天才！"她小声说。三个孩子给她看了他们的雕塑，然后乔治亚也做出了她自己的"雕塑"。她做的第一个"雕塑"是弥诺陶洛斯在五个不同角度的样子，它看起来好像在空中飘浮。她很有自信地完成了她的设计，她的线条干净利落，就像她能在意识里转动雕塑。

"哇，"卡特说，"你很擅长这个嘛。"

沃特·皮莱问乔治亚："你有没有拍过卡特和亚瑟在广场上的照片？几天前我问过你，你没有回答我。如果拍了，也没什么不好。"

乔治亚摇了摇头："那是我妈妈的相机，我只是拿着它到处跑而已。我从来没有过胶卷，我爸爸不会给的。"

汤米问她，她在哪里学的画画。

"我有很多属于我自己的时间。我想，画画是我的一部分。我小时候妈妈身体不太好，她没时间教我。"

汤米点了点头，他在想他的寻宝能力。他的爸爸在他很小的时候就离开了，他曾经想做一个考古学家。寻找宝贝是汤米天生的技能——没人教过他。

接着，佩拉问乔治亚，她愿不愿意一起玩"卡特字母表"。很快地，她们的头就靠在了一起。他们把圆圈和单词搅在一起，兴奋地打"×"、重写、重画、开心地大笑，然后再加上潦草的文字和箭头。

"你的侄女不是个一般的女孩，她让我想起了小时候的我。"莎普太太对季诺斯利太太说。

"真的？"季诺斯利太太尖声说。

莎普太太邀请乔治亚在冬天去芝加哥游玩，因为乔治亚还小，所以这需要得到季诺斯利太太的同意。莎普太太说她有个大房子，有很多艺术方面的书，她还有很多空闲时间。卡特、佩拉和汤米都邀请乔治亚来，他们说，芝加哥有许多地方值得探索。

乔治亚笑了，她感谢了莎普太太，说她会考虑的。沃特·皮莱想起那个几天以前跳跃的"小动物"，惊讶于她们竟然是同一个女孩。

伍德斯托克的居民正在和弥诺陶洛斯建立一种全新的关系，他们对它的态度变得和善，有些人甚至以它为傲。季诺斯利太太把这个雕塑形容成"奇迹"。大家都认为，弥诺陶洛斯掉进皇后水池，创造出一个波动，保护了男孩。伍德斯托克的居民以往就经常和怪兽、迷宫和神话打交道，他们相信，延续传统的事情才有价值。现在，弥诺陶洛斯在这个社区里活了过来，它被加入了那些流传已久的符号和故事，关于它的糟糕记忆都被忘记了。

季诺斯利太太为她的房子定做了新钥匙环，钥匙环上的小字写着：拜访伍德斯托克，国王和弥诺陶洛斯的家。

"虽然现在这里只有一个弥诺陶洛斯，"她骄傲地对所有愿意倾听的人说，"或许我的亚瑟会给我们再带来一个！"

亚瑟·维什在病床上发出了命令：不要检举那些在那个夜晚移动了雕塑的人。他想把钱付给他们，因为他给他们带来了麻烦。他决定不去想他们要把"弥诺陶洛斯"卖掉的计划。

可是，纳什顿·瑞普和他的伙伴已经在监狱里了，因为他们不仅试图盗窃无价之宝，还想让警察奖励他们。

后来，亚瑟·维什在镇上买了一间古老的石头小屋，成为了伍德斯托克的一员。他很高兴能帮他的阿姨修缮她的老房子。现在，只有当季诺斯利太太想聊天的时候她才接受别人的拜访。她皱着眉，在摇椅上晃来晃去，和她的客人谈上几个小时。乔治亚仍然和季诺斯利太太住在一起，

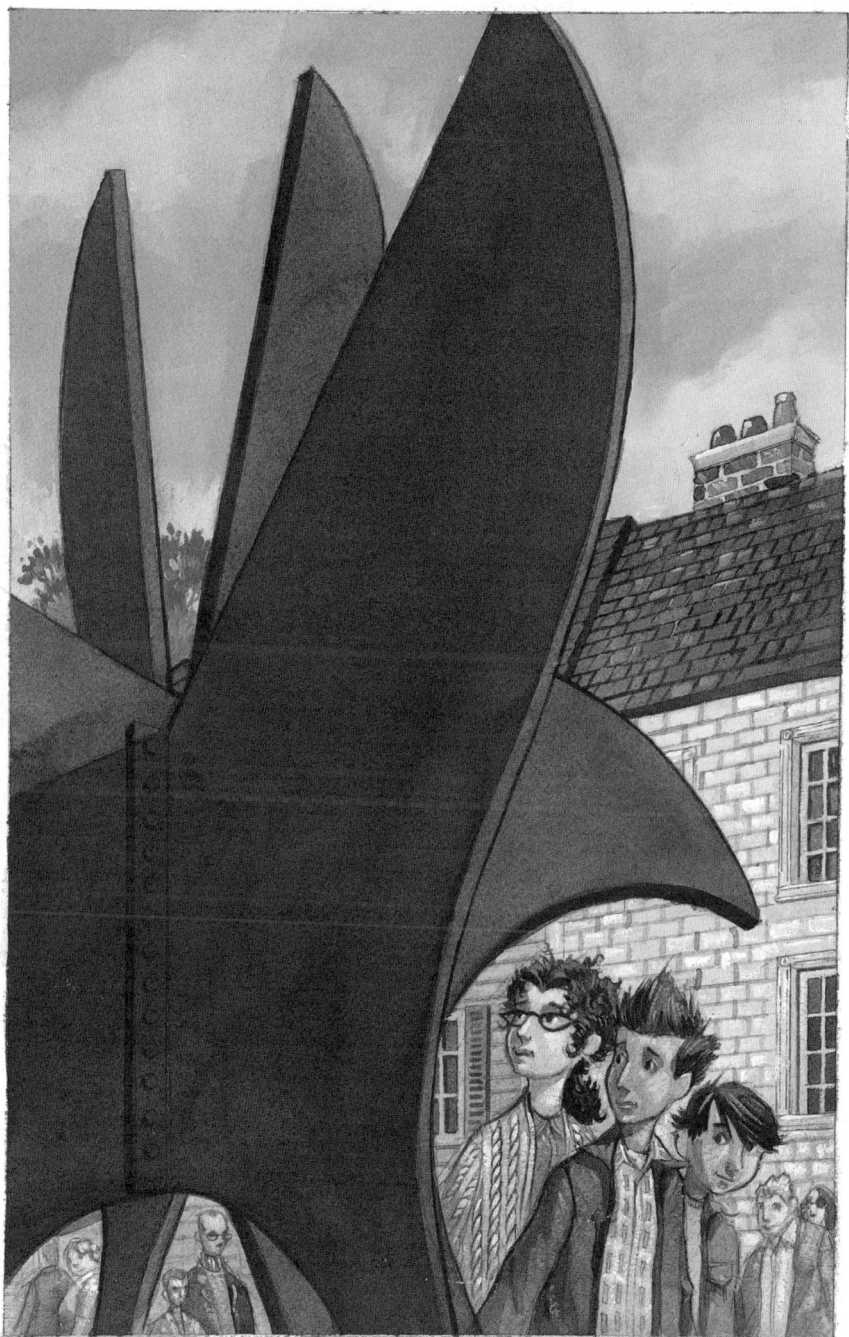

她现在经常穿着一件可爱的红色毛衣。莎普太太给她安排了美术课，还留给她一本关于亚历山大·卡特的书，那是她在卡特住院的时候买给卡特的。

乔治亚用她的旧衣服给帕米缝了一些黑老鼠，她把季诺斯利太太的红毛线绕在每只老鼠的脖子上。有时候，她会在房子周围和帕米一起散步，在散步的同时，她会训练一下帕米，让它活动活动。最近，它比以前吃得更多了。

维什先生捐赠的另外四个雕塑已经到达了它们分散在世界各地的新家，亚瑟·维什也开始了他的新旅行。他将用几个月的时间观察、思考。他现在非常关心当地居民对雕塑的感受。他正在一步一步地，把亚历山大·卡特的雕塑介绍给越来越多的人。

令人遗憾的是，特拉法加广场上的涂鸦最后还是被擦掉了，它的创作者依然保持着神秘。而班克斯，无论他在哪儿，他没有加入卡特游戏。

第五十章

当卡特、佩拉和汤米回到他们的七年级教室，巴顿老师向他们冲了过来，给了他们一个大拥抱。她真是变化太大了。

"哦，见到你们三个真是太棒了！"她笑得很开心，说的话也不像以前那样前言不搭后语了。

看到大变样的教室，三个孩子都张开嘴，愣住了：原来，桌椅都被整整齐齐地摆在中间，现在，它们都被贴墙放置了。而墙呢？就像卡特在英国的病房一样，教室的墙现在也被"雕塑"填满了，连窗户上都贴满了各种大小不同、颜色不同的"雕塑"。这真是个奇迹！一幅令人愉快的、充满艺术感的、五彩缤纷的拼贴画。

"欢迎回家。"巴顿小姐张开手臂说。让大家惊讶的是，她不只穿上了蓝色的牛仔裤，她的头发也像荷西小姐一样乱蓬蓬的。

"发生了什么?"佩拉在心里画了一个大问号。巴顿小姐好像看出了她的疑问，她把头偏向一边。"是亚历山大·卡特，"她说，"还有亚瑟·维什，还有你们三个改变了我。"

卡特攥着他口袋里的新木头拼板，惊讶得说不出话来。

毫无疑问的是：风向变了，它把他们吹向了另一种生活。每一个人都发现自己变了。现在，很多伍德斯托克人看问题的视角不同了。

不过，事情依然继续在变化。这些变化是怎么发生的呢？从哪里开始的呢？没有人说得清楚。如果你是说"雕塑"的话，它当然是从亚历山大·卡特开始的，"雕塑"是他最重要的艺术品，它甚至比发明它的艺术家还重要。卡特游戏有它自己的生命。

它真的只是游戏吗？

可能吧，但是没有人会用相同的方式玩儿上第二次。

致谢

在本书的最后，我必须为这本书的诞生感谢以下这些人的支持。首先，我要感谢我的家人和朋友们。我的丈夫比尔曾几次陪我去伍德斯托克，他帮我在树篱迷宫里的各个路口保持沉稳和冷静。我们还一起拍摄了几百张伍德斯托克和布莱尼姆宫的照片。我的女儿阿尔斯的黑猫成了《卡特游戏》中的帕米。感谢阿尔斯，她拍了很多帕米的照片并通过电子邮件和我分享它们。现实中的帕米也是我的帮手，这是因为它既肥胖又凶猛，它提醒我，所有的生物都应该常常运动。

感谢出版社的远见卓识和支持。特别感谢我出色的编辑们：大卫·利维坦、查里斯·莫罗托、梅里耶卡·考斯蒂瓦、琳达·比亚吉、埃莉·伯杰和丽萨·霍尔顿。感谢我的经纪人：德欧·库弗和阿曼达·路易斯，感谢他们的智慧和帮助。

芝加哥公共图书馆也参与了本书的制作。在此，我必须向罗娜·弗拉齐、玛丽·登普西以及艺术信息中心的鲍勃·斯隆尼表示诚挚的谢意，感谢他们的慷慨支持。亚历山大·罗尔给我提供了一些建议和消息，并安排我参访了卡特基金会，这是个意外的惊喜。鲁斯·霍里奇和我分享了他的创作和故事。布莱尼姆宫教育办公室的卡伦·怀斯曼和约翰·福斯特非常耐心地回答了我的大量问题，还送给了我一张非公开的地图。感谢吉姆·海希莫维奇给我提供了现场考察的机会。

从我幼年起，亚历山大·卡特的作品就一直在给我带来快乐。所以，这本书同时也是对他的感谢和致敬。

图书在版编目（CIP）数据

卡特游戏／（美）巴利埃特 著；（美）海尔奎斯特 插图；金子淇 译. —北京：东方出版社，2015.7
书名原文：The Calder Game
ISBN 978-7-5060-8340-9

Ⅰ.①卡… Ⅱ.①巴… ②海… ③金… Ⅲ.①儿童文学—长篇小说—美国—现代 Ⅳ.①I712.84

中国版本图书馆 CIP 数据核字（2015）第 166808 号

中文简体字版专有权属东方出版社
著作权合同登记号　图字：01-2014-6066 号

卡特游戏
（KATE YOUXI）

作　　者：[美] 布鲁·巴利埃特（Blue Balliett）
插　　图：[美] 布莱特·海尔奎斯特（Brett Helquist）
译　　者：金子淇
责任编辑：陈丽娜
出　　版：东方出版社
发　　行：人民东方出版传媒有限公司
地　　址：北京市东城区朝阳门内大街 166 号
邮政编码：100706
印　　刷：鸿博昊天科技有限公司
版　　次：2015 年 9 月第 1 版
印　　次：2015 年 9 月第 1 次印刷
印　　数：1—5000 册
开　　本：880 毫米×1230 毫米　1/32
印　　张：6.875
字　　数：150 千字
书　　号：ISBN 978-7-5060-8340-9
定　　价：32.00 元
发行电话：（010）64258117　64258115　64258112